나의 카페 다이어리

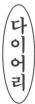

맛있는 커피가 있는
다정한 그곳의 이야기

오승해 지음

BOOKERS

Prologue

맛있는 커피를 찾아 나선다는 건 정답 없는 끝 없는 여정이자 놀라움의 연속이다. 우연히 길을 가다 마주치는 멋진 인연을 기대하고 싶고 그곳에서 새로운 만남이 생겼으면 하는 희망의 과정이기도 하다. 하지만 카페의 존폐 유무가 더 이상 커피 맛으로만 결정되지 않는 현실이 되어버린 요즘, 커피와 어울리는 빵이나 디저트가 있어야 하고 인테리어와 작은 소품 하나에도 신경을 곤두세워야만 경쟁력을 지닐 수 있다.

매력적인 포토존이 있으면 좋고 특이한 시그니처 메뉴가 있으면 더할 나위 없다. 홍보를 위해 인스타그램은 필수인지 오래되었다. 오픈 전부터 사람들의 궁금증을 자극하는 사진과 영상을 올리고, 카페에서 일어나는 크고 작은 일들을 실시간으로 알려주면 더 많은 관심을 받게 되었다. 뿐만 아니라, 메뉴 변경과 휴무일, 심지어 갑작스러운 폐업 소식마저 인스타그램을 통해 얼마든지 전할 수 있다. 카페는 이렇게 변화해가고 있다.

세월이 흐를수록 오래된 것이 소중해지고 가치를 지니게 되는 식당과 달리 카페는 어쩔 수 없이 사회, 문화적 유행을 선도하거나 남들과 뭔가 달라야 하는 운명을 타고난 것이다. 이런 카페들이 눈만 뜨면 오픈 소식을 알린다. 새로 오픈한 카페들만 다녀도 하루가 재미있고 시간 가는 줄 모르는 이유다. 가끔은 커피도 괜찮고 분위기도 나쁘지 않았던 카페가 언제 컴백할지 모르는 긴 휴가를 떠난다는 말과 함께 사라진다. 그럴 때면 아쉬움과 안타까움이 동시에 밀려오곤 한다.

여하튼, 호기심을 자극하고 겉모습이 번지르르한 카페는 무궁무진해도 내가 원하는 커피를 제조해주는 곳은 그리 많지 않은 건 분명한 사실. 다행히, 호주 멜버른에서 훌륭한 커피와 엣지 넘치는 카페들을 두루두루 경험한 뒤 커피 전문 매거진을 거치며 커피와 디저트와 연관된 일들을 꾸준히 할 수 있었던 덕분에 내게는 자랑하고 싶은 정말 괜찮은 카페 리스트가 있다. 리스트에 있는 카페 선택의 기준은 간단하다. 오랫동안 일관되게 맛있는 커피를 즐기게 해주었고 빵과 디저트와의 멋진 페어링을 선보여준 곳이거나 비록 영업 연식이 짧긴 해도 최근에 가본 곳 중 이런저런 사연으로 추천해주고 싶은 곳이다.

이 책은 카페의 특징을 소개하는 정보이기보다 카페를 좋아하게 된 이유와 나와의 추억과 같은 지극히 사적인 내용을 담고 있다. 하나같이 커피를 잘 내리고 맛있게 제조하는 곳이니 커피를 품

평하고 분석하는 것은 무의미했으므로, 카페에 대한 나의 애정과 느낌을 한 번쯤 정리하고 싶은 욕망이 가장 컸음을 고백한다. 커피를 좋아하고 카페투어를 취미로 삼는 이들이라면 이미 알고 있거나 가본 적이 있는 카페일 것이다. 만약 그렇거나, 그렇지 않더라도 다른 이의 시선으로 바라본 카페 이야기는 과연 무엇인지, 그저 가벼운 마음으로 읽어봐주면 좋겠다.

커피가 있는 공간, 커피와 빵, 디저트, 커피 그 자체만으로 하루 종일 떠들어도 행복한 나의 짤막한 감상이자 넋두리가 대체 무엇인지 궁금해했으면 더 이상 바랄 것이 없겠다. 그리고 마지막으로, 이 책이 자신이 좋아하는 카페에 홀로 앉아 커피를 마시는 여러분의 손에 쥐어져 있기를 소망한다. 그것이면 충분하다.

카페의 가을을 기다리며
오승해

Contents

믿고 가는

로스터리 카페

커피를 넘어 레전드

커피리브레 COFFEE LIBRE

호주에서 커피 통신원으로 활동하던 당시, 정보 수집은 지금의 소셜 미디어가 아닌 지역 신문이나 뉴스 기사였다. 호주에 가기 전 마음에 드는 카페를 일부러 찾아다닌 적이 없던 나는 호주에서 각종 정보를 살피며 소개하고 싶은 카페들을 검증해야 했다. 취재한 대부분의 카페 오너는 친절하게 인터뷰를 해주었고 카페에 대한 이런저런 이야기를 들려주곤 했다.

그런 세월을 한 시절 보내고 한국에 돌아오니, 습관처럼 카페들을 수소문하게 되었다. 당연히 소문보다 기대 이하인 곳들도, 기대 이상인 곳들도 많았다. 대부분 강남과 홍대에 과하게 집중되어 있었고 유행을 쫓아가기에 급급해 보였다. 베이커리 카페와 디저트 카페가 엄청나게 증가하기 시작했으며, 로스터리 카페도 적지 않았다. 로스팅을 하는 카페라면 그 자체만으로 대단했기에 어디를 먼저 가야 할지 고민하기도 했다. 다행히 우연의 일치인지, 거의 모든 바리스타와 로스터가 추천해준 카페는 〈보헤미안커피〉로 귀결되곤 했다. 현재 커피 업계에서 내로라하는 이들 중에는 이곳 출신이 몇몇 있는데, 〈커피리브레〉의 서필훈 대표도 그중 하나다.

리브레만 할 수 있는 일

사실, 〈커피리브레〉는 평범한 카페를 넘어선 지 오래다. 누군가에게는 이곳이 맛있는 커피 한 잔을 파는 동네의 평범한 카페로 보이겠지만, 다른 누군가에게 이곳은 한국 커피업계에 없어서는 안 될 존재로 여겨진다. 게다가, 해외의 커피 농장주에게 〈커피리브레〉는 의리 있고 마음씨 선한 서필훈 대표가 있는 한국의 커피 회사로 인식될 것이다.

그는 자신의 철학이 반영된 회사를 운영하며 커피와 관련된 다수의 해외 도서를 번역, 감수했다. 몇 년 전에는 그의 흥미로운 커피 인생을 기록한 에세이를 출간해 주목받았다. 행여 〈커피리브레〉가 사라진다 해도 영원히 남을 소중한 커피 자료들이다.

동진시장의 〈커피리브레〉에 마지막으로 언제 가봤는지 떠오르지 않을 만큼 뜸했다. 연남동으로 이사했다는 말도 꽤 오래전에 들었는데 마음처럼 바로 달려가지는 못했다. 세상에 가고 싶은 카페는 정말 많고 시간과 돈은 늘 부족한 것이 현실이란 궁색한 변명을 해본다.

어찌 됐든 책을 핑계 삼아 아주 오랜만에 〈커피리브레〉 연남점에 당도하니 하얀색 2층집이 보였다. 시장통의 비좁은 공간과는 비교가 되지 않는 넓은 집이었다. 잭 블랙 주연의 영화 〈리브레〉 마스크가 덩그러니 달린 마스코트는 여전히 인상적이었고 귀여웠다. 카페의 작은 정원에 심어진 식물들은 누군가 물을 잔뜩 뿌려준 덕분에 흠뻑 젖어 있었다. 카페의 시그니처와도 같은 한약방의 약장 서랍은 그대로 있었으며, 그 앞에 진열된 원두 패키지들은 얌전히 놓여 있었다.

나는 친절한 크루의 안내를 받으며 예외 없이 라떼를 주문하고 2층에 앉았다. 운동장처럼 넓어진 홀에 앉아 커피를 마시니 나도 모르게 벅찬 감정은 무엇이었는지 곰곰이 생각했다. 어수선하고 시끄러운 마음속 덩어리가 〈커피리브레〉의 따뜻한 라떼 한 잔으로 소멸되었다.

이토록 균형 잡힌 라떼라니, 참으로 반가웠다. 이전에 마셨던 이곳의 라떼도 분명 좋았지만 오늘 마신 라떼가 더 맛있게 느껴졌다. 치유의 처방전을 받은 것만 같았다. 난 그렇게 가능한 오래 앉아 머물렀고 나가는 길에 원두 한 팩을 샀다. 마치 약한 봉지를 받아 든 것처럼 든든했다.

°tips
1. 1층과 2층의 출입구가 분리돼 있다. 2층에 자리를 잡았다면 1층에서 주문한 뒤 기다렸다가 올라가는 것이 덜 번거로울 것이다.
2. 커피 쿠폰을 받을 수 있으며 원두를 사면 한 잔이 무료 제공된다.

°서울 마포구 성미산로32길 20-5 °매일 11:30-20:00 °@coffeelibrekorea

原豆商店

원두상점

멜버른의 추억과 향수
파스텔커피웍스 PASTEL COFFEE WORKS

한국으로 돌아온 직후부터 심리적으로 매몰되었던 하나는 '어디를 가면 제대로 된 플랫 화이트를 마실 수 있을까' 하는 것이었다. 멜버른에 있을 때 플랫 화이트를 거의 매일 마셨던 탓에 균형 잡힌 에스프레소와 우유의 조합이 간절했다. 그러나, 당시 서울에서 흡족한 플랫 화이트를 찾을 수가 없었다. 심지어 "플랫 화이트가 뭐죠?"라며 되묻는 바리스타가 더 많았다.

지금은 많은 카페들이 시그니처 커피를 만드는 데 경도되어 있을 정도로 메뉴의 글로벌화가 진행되고 있다. 하긴, 벌써 10년도 훨씬 넘은 일이다.

뜬금없는 이야기지만, 그동안 눈부시게 성장한 한국의 커피와 카페 문화가 그저 대견스럽다. 세계 정상급 바리스타를 지속적으로 배출해낼 뿐만 아니라 국제 규모의 커피 엑스포와 행사도 거뜬히 치러내고 있다. 이미 해외 진출한 매장도 있으니, '카페 강국'이란 별명이 실감난다.

변화의 마지막 챕터이길

지금은 〈파스텔커피웍스〉지만 시작은 〈카페 아이두〉였다. 내가 한국에서 처음 플랫 화이트를 마셨던 카페다. 유일하게 플랫 화이트를 알고 기가 막힐 정도로 맛있게 만들어주었던 곳. 멜버른 카페에서 일했던 장현우 대표가 있었기에 가능했다. 사실, 플랫 화이트는 라떼와 비슷하다. 작은 유리잔에 나오고 밀크폼이 라떼보다 얇은 우유 베이스 메뉴다. 하지만, 이 한 끗 차이가 나로 하여금 호주 커피 혹은 호주식 카페를 가늠하는 기준이 되었다.

〈카페 아이두〉에서 먹었던 디저트와 다른 커피 메뉴들 역시 당시 홍대 여느 카페에서는 즐길 수 없는 것들이었다. 새로우면서도 그만큼 생소했다. 여행과 음식을 좋아하는 그의 아이디어가 담긴 정성스러운 메뉴였다.

이후, 〈카페 아이두〉는 사라졌고 사무실이 있는 건물 1층에 회사 이름인 〈빈프로젝트〉라는 카페를 열었다는 소식을 들었다. 옆 공간에는 로스팅 기계가 돌아가고 있었고, 작은 규모였지만 다양한 원두 패키지를 비롯해 퍼블릭 커핑도 진행했다. 내가 너무 좋아하는 이탈리아 도넛인 봄볼로니가 연상되는 도넛이 보였고, 바나나 브레드는 여전히 달콤했다. 정말 맛있는 바나나 브레드를 맛볼 수 있는 몇 안 되는 카페가 바로 이곳이다. 아무튼, 나는 변함없이 플랫 화이트를 마셨고 잠시나마 오너의 안부를 물을 수 있다.

그리고, 다시 몇 년이 흘렀다. 〈빈프로젝트〉는 리브랜딩을 거쳐 로스터리, 카페의 통합 버전인 〈파스텔커피웍스〉가 되었다. 과거의 히스토리를 모른다면 전혀 새로운 커피 브랜드라고 생각했을 정도로 〈카페 아이두〉나 〈빈프로젝트〉의 흔적을 찾기 힘들었다. 훨씬 세련되고 단아했다. 무엇보다 카페의 사이즈가 커졌다. 장현우 대표의 말에 따르면, 오랜 시간이 흘러 마침내 정착할 수 있는 하나의 플랫폼을 완성할 수 있었다고 하니 얼마나 다행스러운 일인지, 나는 내심 안심했고 기뻤다. 애정을 가진 브랜드를 10년 이상 보게 되면 마치 내 일인 것처럼 신경 쓰게 되는 것이 인지상정이니까.

나는 누구의 방해도 받지 않고 이곳을 오롯이 느끼고 싶어 이른 주말 아침, 카페의 오픈 시간에 맞춰 일어났다. 햇살이 따사로웠다. 아무도 없을 줄 알았지만 이미 두어 명이 앉아 있었다. 카페 안은 고요했고 향긋한 커피 향이 퍼졌으며 그라인더 돌아가는 소리만이 요란했다. 늘 주문하던 플랫 화이트 대신 이번에는 라떼를 마시기로 했다. 기대에 부응하는 고소하고 진한 맛이었다. 바나나 브레드가 아직 나오지 않아서 조금 아쉬웠을 뿐이다.

지하 공간은 누군가와 대화하기에 적합했다. 바깥 공기를 안으로 감싸는 구조가 인상적이었다. 집과 가깝다면 혼자 와서 커피와 함께 책을 보고 싶을 만큼 분리된 공간이었다. 재밌게도 〈파스텔커피웍스〉의 위치는 우연히 예전 다른 카페 취재로 왔던 곳이었다. 공실인 상태를 꽤 오래 본 기억이 있는데, 새로운 주인이 다름 아닌 〈파스텔커피웍스〉라니, 조금은 놀라웠다. 부디, 이제야 제 주인을 만났길 바라며 다음 주말 아침에는 플랫 화이트와 바나나 브레드를 즐길 생각이다.

*〈파스텔커피웍스〉 장현우 대표 인터뷰는 p207~213에서 만나볼 수 있다.

°*tips*

1. 비정기적으로 커피 시음회 기회가 있으니 관심 있다면 꾸준히 카페의 인스타그램를 확인해보자.

2. 〈파스텔커피웍스〉 서촌점의 분위기도 참 좋다. 작지만 그곳에 있어주어 감사한 존재.

°서울 마포구 성지길58 °월~금요일 8:30-18:00 / 토~일요일 10:00-19:00
°@pastelcoffeework

파란색, 도로시
피어커피 PEER COFFEE

카페를 기억하는 방법에는 여러 가지가 있다. 인테리어가 특별히 마음에 들 수도, 바리스타가 마음에 들 수도 있고 커피가 너무 맛있어서 놀라 눈이 휘둥그레질 수도 있다. 내게도 다양한 이유로 카페가 각인되는 경우가 많고 어떤 곳은 조금 더 특별하기도 하다. 주로 인테리어보다는 바리스타의 서비스이고 그보다는 아무래도 맛과 곁들임의 퀄리티가 탁월하면 사진도 찍고 그날의 에피소드와 감동 포인트를 짤막하게 적어 개인 소셜 미디어에도 올린다. 게다가, 원두까지 좋으면 상당히 후한 점수를 주고 마음에 쏙 드는 디자인이나 콘텐츠까지 보여준다면 (나만의) 카페 리스트에 올린 다음 팔로우를 자청한다. 이렇듯 사심 가득할 수밖에 없는 음식, 특히 커피와 디저트, 빵은 취향의 정도가 강하다.

〈피어커피〉를 안 지도 어느덧 7~8년이 넘었다. 카페 매장이 한남동 골목에 있던 시절, 취재를 위한 사전 답사로 처음 찾아 갔다. 규모는 작았지만 그 안의 소소한 요소들이 참 좋았다. 예를 들어, 커피잔이나 벽에 걸린 장식, 테이블과 의자, 스푼 같은 작은 소품, 스티커와 원두 패키지 등이었다.

평소 나는 지나치게 과할 정도로 사람이나 지역, 음식, 가게를 막론하고 어떤 대상의 이름에 필요 이상의 호기심을 갖는 편인데, 이곳의 원두 패키지가 사람 이름이어서 단숨에 매료된 적이 있다. '왜 저 이름을 사용했을까', '무슨 의미일까', '분명히 사연이 있을 텐데 무엇일까'라는 식으로 막상 물어보지도 않을 질문을 잔뜩 만들어 혼자 속으로 100가지 상상을 펼치곤 했다. 용기를 내어 물었을 때, 직원이 잘 모른다고 하거나 별 의미 없다고 대답할 때면 정말 허무하고 실망스러웠던 적도 있다.

카페를 그냥 나오기 아쉬워 원두를 구매했다. 내가 고른 블렌드의 이름은 나의 사랑스러운 조카가 생각난 '도로시'였다. 아이의 영어 닉네임과 아무런 상관이 없었음에도 그냥 여자아이의 이름이었고 빨간 구두를 신은 동화 속 귀여운 주인공이 떠올랐기 때문이 아니었나 싶다. 내 머릿속 뒤죽박죽 기억 저장소는 영화 《레옹》마저 송출하여 여주인공 마틸다와도 헷갈리게 만들었다.

〈피어커피〉의 윤희선 실장은 도로시는 늦여름에 나오는 시즈널 블렌딩이라고 설명해주었고, 봄에 나오는 블렌딩은 다이애나라고 했다. 나는 도로시 원두의 컵 노트가 적힌 카드를 보며 이 일러스트 이미지를 커다란 포스터로 뽑고 싶었다. 맛과 비주얼로 내 취향을 단단히 자극한 작명 센스라니.

푸른 점, 성수 시대

기나긴 공백기를 깨뜨리고 성수동으로 이사 온 〈피어커피〉를 방문하던 날, 나는 도로시 대신 다이애나를 만났으니 계절은 따뜻한 봄이었다. 이번에는 파란색 간판부터 시작하여 다크 블루의 컬러 포인트들이 눈에 들어왔다. 맛은 이만하면 되었으므로 또 다른 기억의 포인트를 찾고자 했나 보다. 새로운 소식이라면 성수 본점을 베이스 삼아 한남오거리와 광희동, 코엑스몰에서 〈피어커피〉 패밀리를 늘리고 있다는 점이다.

초여름에 리뉴얼된 카페는 좌석을 더 많이 확보했고 제빵실을 만들었다. 이제 이곳에서 커피와 빵을 즐길 수 있다니, 앞으로는 〈피어커피〉 하면 빵으로 기억해야 할 듯 싶다. 아직은 라인업이 미숙하여 조금 더 기다렸다가 가기로 한다. 과연 어떤 빵이 나의 입맛을 사로잡을지 사뭇 기대된다.

°*tips*
1. 키오스크에서 메뉴를 고르고 결제하는 방식으로 바뀌었다. (포인트 적립 가능)
2. <피어커피> 전 매장은 각기 다른 영업시간을 갖고 있으니 방문 전 확인한다.

°서울 성동구 광나루로4가길 24 °월~금요일 10:30-20:00 / 토~일요일 12:00-20:00
°@peer_coffee

<챔프커피> 제2 작업실의 10주년 기념 테이크아웃 컵

이태원 프리덤
챔프커피 CHAMP COFFEE

주말마다 홍대와 강남으로 놀러 가던 20대와 30대 초중반이 넘어가자, 이태원과 한남동이 나의 주 무대가 되었다. 나이가 든다고 해서 어른이 되는 것도 아니고 취향은 바뀌기 마련이라 홍대 클럽을 놀이터 삼아 다녔던 질풍노도의 시기가 끝나고 나니, 나는 조금 더 새롭고 독특하며 편안한 것을 찾기 시작했다. 한편으로는, 호주에서 어렵사리 배워온 영어 능력을 잃고 싶지 않아 외국 친구들과 자주 어울렸고, 그럴 때마다 이태원이나 한남동에서 만나는 것이 편리했다. 게다가, 전혀 다른 차원의 재미를 경험할 수 있는 클럽이나 포켓볼을 비롯한 각종 게임을 할 수 있는 스포츠바가 대부분 이 동네에 포진해 있었기에 선택 이유는 차고 넘쳤다.

물론, 스무 살 때처럼 밤새 흐트러진 것은 아니었고, 그럴 에너지도 없었다. 그래도 가끔 기념할 만한 특별한 날이면 친구들과 밤새 클럽과 바를 전전했다. 우리는 미친 듯이 피곤한 몸

과 함께 더 있고 싶은 마음이 뒤엉켜 어슴푸레 찾아오는 새벽을 맞이하기 일쑤였다. 하는 수 없이 일찍 문을 여는 프랜차이즈 카페를 기웃거리다 들어가거나 떠돌아다니다 마음에 드는 카페로 들어가곤 했다. 〈챔프커피〉와의 첫 만남은 그렇게 이루어졌다.

왠지 모르겠으나, '미국'스럽게 들렸던 이름 덕분에 시간이 상당히 흐른 뒤에도 나는 〈챔프커피〉의 이미지와 커피를 또렷이 기억하고 있었다. 그리고 오랜 노력 끝에 입사한 커피 매거진을 통해 이곳의 하동경 대표와 전화나 이메일로 소통하면서 〈챔프커피〉의 스토리를 대략이나마 알게 되었다.

커피 챔피언의 쿠키

커피와 어울리는 디저트에 정답은 없지만 도넛과 파운드케이크를 제외하고 쿠키만큼 만들기 쉽고 간편하면서도 가격 대비 효과적인 만족감을 주는 품목이 있을까? 하동경 대표 역시 그렇게 생각했고 커피만큼 맛있는 쿠키를 구웠다. 2009년, 이태원 우사단로에서 로스터리 작업장을 오픈하며 다양한 커피 테스팅을 해온 그는 이태원을 중심으로 〈챔프커피〉의 작업실을 늘려나갔다.

내가 좋아하는 작업실은 이태원역에서 도보 10분 거리에 위치한 제2 작업실. 5년 전쯤인가. 을지로에 생긴 제3 작업실은 규모가 상대적으로 컸는데, 전반적으로 젊은 바이브가 넘치고

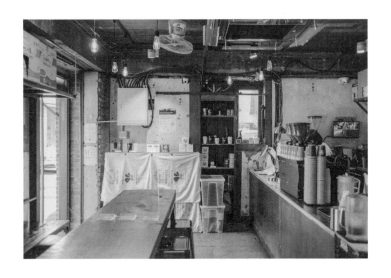

역동적인 분위기로 나를 한껏 들뜨게 만들었다. 소위 '힙지로'라는 트렌드에 편승해서 그랬던 것인지 점심 이후였음에도 굉장한 인파가 몰려들었다. 그러나 트렌드로 급부상하는 구역과 장소를 지극히 지양하는 내가 첫눈에 반한 곳이 제2 작업실이다 보니 자동반사적으로 내가 향하는 〈챔프커피〉는 항상 이곳이다.

현재, 〈챔프커피〉는 이태원을 비롯한 을지로, 삼성동, 서초동 등 서울 지역 여러 곳에 작업장이 있고, 바리스타들에게 흥미로운 자극이 될 만한 커피 행사에도 두루 참여하고 있다. 지난 15년간 챔피언급 커피를 제조하기 위해 부단히 노력해온 하동경 대표가 이룬 달콤쌉싸름한 결과이자 여전히 도전하는 챔피언의 자세가 아닐까 한다.

°tips

1. 〈챔프커피〉의 제2 작업실이 2024년을 기점으로 10주년이 되었다. 이를 기념하기 위한 테이크아웃 컵은 카페 외관이 그려진 일러스트 작품. 소장하고 싶을 만큼 예쁘다.

2. 각 작업실마다 지역의 특징을 살린 커피 메뉴가 있다. 예를 들어, 이태원에는 이태원커피, 을지로에는 을지로커피, 강남에는 강남커피. 모두 약간의 달짝지근함이 추가되었다.

°서울 용산구 녹사평대로26가길 24 °매일 09:00-20:30 °@champcoffee_official

문래동 기억의 소환
폰트커피 PONT COFFEE

고층 빌딩으로 빼곡한 지역에는 그에 맞는 대규모 프랜차이즈가 들어가게 마련이다. 점심 시간에 빌딩에서 쏟아져 나오는 사람들을 감당하기에 작은 개인 브랜드는 한계가 있기 때문이다. 그럼에도 모두가 그곳으로 가는 것은 아니니, 주류를 벗어나면 비주류가 있기 마련이고 촘촘한 카페 상권을 위한 대안은 언제나 존재한다.

신용산과 용산역 부근에서 스페셜티 커피 로스터리 카페로 유명한 〈폰트커피〉. 이곳은 주류와 비주류의 경계에서 살짝 주류로 나가고 있는 단계로 느껴졌다. 한편으로, 실력 있는 언더독under dog으로 주목해야 할 브랜드였다. 성장할 수 있는 잠재력과 가능성이 모두 보였다.

문래동 자존심을 용산에서

한동안 사전 취재로 문래동을 자주 드나들었다. 거리 곳곳을 돌아다니며 마음에 드는 맛집과 카페를 찾고 있었다. 건물 전체를 사용하는 〈폰트커피〉를 보며 여기는 베이커리 위주로 돌아가는 카페라고 생각했다. 보통 단독 건물을 개조해 대형 카페로 만들면 커피만으로는 유지가 어려우므로 빵이나 디저트를 넣고 그렇게 되면 커피는 다소 기대 이하인 경우가 많았다. 하지만, 방문의 목적이 취재만은 아니었기에 편한 마음으로 둘러보다 커피 한 잔을 주문했다. 빵은 모르겠고 '여기, 커피는 좋네' 했던 기억이 있다.

그 이후로 일부러 문래동에서 약속을 잡고 두어 번 찾아갔지만 오래 가진 못했다. 문래동은 홍대나 합정에서 가깝지만 합정을 벗어나는 순간 심리적인 거리감이 컸고, 설상가상 매거진을 더 이상 만들지 않게 되었다. 이래저래 밖으로 나갈 기회를 현저히 줄이던 상황이어서 카페 데이트는 최대한 집에서 멀지 않은 곳으로 잡았다. 그럼에도, 나는 좁은 골목을 걷는 재미와 예술가의 창작촌이 형성되어 있는 문래동을 매우 좋아한다. 〈폰트커피〉처럼 뜻밖의 장소를 발견하는 행운이 찾아오기도 하고, 군데군데 숨은 맛집이 은근히 많은 동네가 바로 문래동이기 때문이다.

올해 초, 오랜만에 신용산역 주변 레스토랑에 갈 일이 생겼다. 신용산역은 아모레퍼시픽 건물 지하에 옹기종기 모인 카페와 식당에서 맴돌면 굳이 밖으로 나가지 않아도 되는데, 이번

약속은 역을 이탈하여 한참을 걸어가야 했다. 나는 미팅 이후 잠시 들러 정리할 장소를 찾다가 우연히 〈폰트커피〉를 찾아냈다. 신용산에도 있었다는 사실은 까맣게 잊고 있었다. 문래점이 아닌 다른 지역에서 마주치니 문래동을 정처 없이 떠돌아다니다 만난 옛날이 떠올랐다.

앞문과 뒷문으로 들어갈 수 있는 양방향 구조를 가진 용산점은 문래점보다는 규모가 작았지만, 붉은 타일 바닥과 하얀 테이블이 이곳이 〈폰트커피〉임을 말해주고 있었다. 가로형이 아닌 세로 구조여서 카페의 개방감도 높았고 문래점만큼이나 사람들이 많았다. 그리고 감사하게도 이곳은 균형 잡힌 라떼의 맛이 좋았던 기억을 소환해주었다. 완성한 커피를 직접 갖다주는 카페가 거의 없는 탓에 크루의 테이블 서비스는 고맙기까지 했다. 나는 한 잔을 말끔히 비운 뒤, 마치 오래 안 본 친구가 갑작스레 보고 싶은 마음이 일렁거렸다. 아무래도 조만간 문래점으로 가야 할 듯 싶다.

°tips

1. 문래점에 비해 빵이나 디저트의 가짓수가 적고 인기 품목은 빨리 소진된다.

2. 출입구가 공간 앞과 뒤, 양쪽에 있다.

°서울 용산구 한강대로15길 19-16 °매일 10:00-21:00 °@pont_official_

고수의 드립
바람커피 BARAM COFFEE

커피를 '미친 듯이' 좋아하면 취향이 비슷한 다른 사람들과 만날 수 있는 기회가 생길 확률이 높다. 8년 전쯤, 나는 위스키에 일가견이 있는 이전 직장의 부사장님을 통해 〈바람커피〉의 이담 공장장을 처음 알게 되었다. 아마도 그 당시 내가 잡지사에 다니고 있었거나 커피 관련된 책을 집필하던 중이어서 어떻게든 도움을 주고자 알려준 것으로 기억한다. 명확한 동기가 무엇이었든 그분은 로스터이자 바리스타인 이담 공장장을 개인적으로 잘 안다 하셨고, TV에도 출연한 적이 있는 만큼 개인 사연도 재미있을 거라 귀띔하셨다.

오랜만에 만난 부사장님은 그렇게 〈바람커피〉에 대한 짤막한 브리핑을 해주었고, 나는 불현듯 〈바람커피〉에 입문하게 되었다. 게다가, 원두 배달 서비스를 정기적으로 받는다면서 최근에 도착한 원두를 곱게 갈아 핸드드립으로 내려주셨다. 재미있게도 나는 부사장님이 커피 내리는 모습을 열심히 사진과 동

영상으로 찍어 놓았었다. '와! 세상에나!' '놀라워요!'라는 감탄사를 연발하며 꽃과 과일 향미로 가득했던 커피를 연이어 몇 잔 마신 영상이 한동안 폰에 그대로 저장되어 있었다. 그 뒤로, 나는 부사장님의 커피 콘텐츠 기업 프로젝트를 함께하기로 하면서 카페로 찾아가 직접 인사를 드릴 수 있었다.

내게 맞는 커피 처방전

한적한 연남동 골목에 도착하니 〈바람커피〉의 파란색 담벼락이 시선을 끌었다. 카페 이름과 어울리는 시원한 색감은 실내까지 이어졌다. 내부는 마치 커피 연구원의 작은 작업실 같은 느낌이었다. 오래되고 진귀한 커피잔으로 가득한 카페의 컬렉션은 꽤 볼 만했고, 덕분에 커피를 주문하면 빈티지 고급 잔으로 마시는 행운을 누릴 수 있었다.

만약, 〈바람커피〉를 제대로 '호화롭게' 즐기려면 〈바람커피 원두상점(이하 원두상점)〉을 추천한다. 이곳은 1시간가량 오롯이 독특한 개성을 가진 원두를 즐기며 커피 전문가이자 인생 선배와 대화를 나눌 수 있는 매우 특별한 카페이다.

〈원두상점〉은 〈바람커피〉 본점에서 약 5분 정도 떨어진 곳에 자리 잡고 있는 로스팅 작업실이며, 원두 판매대와 작은 커피 바가 마련돼 있다. 이곳의 커피 바이브는 소위, 커피 '오마카세'로 진행되고 있으므로 방문 전 예약을 하는 것이 좋다. 〈원두상점〉은 방문객의 개성과 취향을 기반으로 이담 공장장의 추천 코스로 이뤄진다. 커피 전문가와 독대하며 스페셜티 커피를 배우고 마실 수 있는 건 물론이고, 상호에서 짐작하듯 원두 구매 추천도 가능해서 여러모로 특별한 경험을 누리게 된다. 간혹 붕어빵이나 호떡, 도넛 같은 간식을 가져가면 흥겨운 커피 토크도 기대할 수 있다. 커피 시음 릴레이와 더불어 세상 사는 이야기가 저절로 나올 테니 말이다.

*<바람커피> 이담 공장장 인터뷰는 p215~221에서 만나볼 수 있다.

°*tips*

1. <원두상점>에서는 커피 테이크아웃과 커피 오마카세, 원두 구매만 가능하다.

2. 커피 오마카세는 인스타그램이나 전화 예약(02-336-0338)으로 하면 된다.

<바람커피>
°서울 마포구 동교로38길 26-7 °매일 12:00-23:00 °@baram_coffee
<바람커피 원두상점>
°서울 마포구 연희로 47 1층 102호 °매일 11:00-19:00 °@yidam

HELLA GOOD!

헬카페 HELL CAFE

아는 것이 '시간 절약'이라고 느낄 때가 있다. 가고 싶은 수십 개의 카페 리스트에서 어디를 갈지 고민하고 싶지 않을 때가 그렇다. 이것저것 따질 필요 없이 그냥 평소 좋아하는 카페에 가는 것만으로도 많은 시간과 에너지를 줄일 수 있기 때문이다. 심지어 그곳들은 지도 앱을 켜지 않아도 몸이 알고 있다. 덕분에 주변을 둘러보며 갈 수 있으니, 마음의 여유는 디폴트인 셈.

나는 〈헬카페〉를 가는 내내 이태원 앤틱 거리의 가구들과 소품들을 천천히 구경하며 잠시 소요했다. 비좁은 인도를 걷는 것이 다소 불편했으나 전혀 지루하지 않았으며, 오히려 평일 대낮에 방문할 수 있음에 프리 워커의 장점이 이런 것이었음을 새삼 실감했다. 노트북과 스마트폰만 있으면 되고 내가 앉은 자리가 작업실이 되는 삶이다. 잠시 작업하러 들어간 카페에서 두세 시간 이상 앉아 있어도 되는 분위기라면 금상첨화.

역시 헬, 역시 꽃

〈헬카페〉의 트레이드 마크인 핑크색 손잡이를 잡고 드르륵~ 문을 여는 순간 여기가 도서관인가 싶어 잠시 머뭇거렸다. 언제나 소란스러운 분위기였기에 조용한 분위기가 다소 낯설었을 뿐 매우 좋았다. 카페 공간의 반을 차지하는 커다란 공용 테이블에는 책과 노트북을 꺼낸 이들 몇몇이 앉아 있었다. 마침, 황급히 글을 써야 했던 나는 주어진 상황에 감사하며 노트북을 열었다. 앉은 자리에는 매장 이용 시간이 2시간이라는 규칙 이외 몇 가지 주의 사항이 적힌 메모가 있었다. 다행인지 불행인지 배터리가 2시간을 버티지 않을 것이라 그 이상 있을 일은 없었기에 커피를 주문했다.

친구와 동행하면 디저트와 색다른 커피를 마시는 것과 달리 〈헬카페〉에 혼자 오면 무조건 헬라떼. 일반 라떼보다 더 진하게 주므로 한결같이 이것만 마신다. 더군다나 앉은 자리로 가져 와 밀크폼을 부어주는 퍼포먼스까지 해주니 이런 이벤트가 어디 있담? 역시, 카페의 개성 만점 오너다운 아이디어였다. 헬라떼는 첫 모금의 질감이 중요하다 하여 바로 마셔보라 했다. 진하고 고소하고 씁쓸한 맛이었다. 어두운 기운으로 충만한 맛. 〈헬카페〉의 라떼다웠다. 이처럼 커피 퀄리티에 대한 의구심이 없기 때문에 누군가 내게 〈헬카페〉의 차별점이나 다른 특징이 무엇인지 묻는다면 나는 커피 대신 꽃이라 대답할 것이다.

오너 2명의 취향이 카페 곳곳에 스며든 카페에는 항상 술과 아름다운 꽃이 있고 멋진 클래식 음악을 들을 수 있다. 가끔은 이곳의 커피 사진보다 꽃 사진이 더 돋보일 정도로 그들은 센스와 남다른 안목이 있다. 조금 더 흥미로운 건 그 두 바리스타가 각자 좋아하는 공간을 따로 오픈했다는 사실이다. 을지로의 〈헬카페 뮤직〉과 동부이촌동의 〈헬카페 스피리터스〉. 음악이 흐르는 카페에는 이름만으로도 웅장한 탄노이 웨스트민스터 로열 스피커가 있고 주류가 메인인 카페에는 각종 싱글 몰트 위스키와 샴페인, 와인 등이 구비돼 있다. 이쯤 되면, 진정한 헬이자 헤븐이 아닌지. 어떤 '지옥'문을 열더라도 '천국'은 바로 그곳일 테니까.

˚*tips*

1. 카페에 흐르는 음악은 클래식 FM이다.

2. 융드립으로 커피를 내려주는 카페가 흔치 않은데 <헬카페>에서는 진한 융드립 커피를 마실 수 있다.

˚서울 용산구 보광로 76 ˚월~금요일 08:00-21:00 / 토~일요일 12:00-21:00
˚@hellcafe_roasters

선릉의 무릉도원

테라로사 TERAROSA

호주에서 돌아온 뒤 나는 한동안 국내외 대형 커피 프랜차이즈의 커머셜 커피에 대한 편견과 불만이 있었다. 스타벅스의 존재가 미미했던 멜버른에서 수년을 살다가 오니 커피와 카페를 바라보는 관점이 자연스럽게 변해 있었고, 한두 명, 혹은 소수의 팀원으로 운영되는 소규모 로스터리 카페만이 커피에 대한 열정과 성실함을 가졌다고 생각했다. 진심으로, 그런 카페만이 진정한 커피의 맛과 향을 전해줄 거라 믿었다. 아마도 한국 커피시장의 폭발적인 붐이 일어나던 초창기였다면 그런 믿음이 약간의 설득력은 있었을 것이다. 하지만, 지금의 커피 기업과 카페 브랜드를 다양한 각도에서 관찰해보면 꼭 그렇지만은 않은 것 같다. 마치 홍상수 감독의 영화《지금은 맞고 그때는 틀리다》의 정반대 버전이라고나 할까?

커피 매거진에서 일할 때 나는 〈테라로사〉가 기업으로 어떤 곳인지 자세히 알게 되었다. 강릉에서 어떻게 시작되었고 어떤 성장과 발전을 거듭했는지를 살펴보았다. 그리고, 이곳이 왜 유명해질 수밖에 없었는지를 확인했고 김용덕 전(前) 대표(현(現) 글로벌 총괄 대표)를 직접 만나 이런저런 이야기도 들을 수 있었다. 어떤 기업이 성공하고 덩치가 커지면 그 이유를 온통 부정적으로만 바라보고 기업의 오너는 이윤만 밝히는 '장사꾼'으로만 여겼던 나였기에 많이 부끄러웠다. 언제 어디서나 예외가 있음을 간과했었다.

언젠가는 파리에서

현재 강릉 4곳 이외에도 서울과 부산, 경기도, 제주 등에 많은 직영점을 두고 있는 〈테라로사〉. 그중에서 〈테라로사〉 포스코점은 내가 가장 좋아하는 지점이다. 나는 일을 핑계 삼아 혼자 혹은 가족과 함께 경기도와 포항, 제주를 제외한 거의 모든 지점을 가봤다. 공간 이동을 자유자재로 할 수만 있다면 거대한 커피박물관이 있는 강릉 본점을 선택하겠지만, 선릉에 있는 회사에 다닐 때 일주일에 거의 세 번 이상을 방문하며 혼자만의 시간을 자주 가졌던 터라 아마도 그곳이 가장 익숙하기 때문일 것이다.

또한, 포스코점은 내 기준으로 가장 쾌적한 지점이다. 널찍한 테이블에서는 미팅도 가능하고 독서모임도 할 수 있다. 그래서, 휴일 아침, 향긋한 커피와 함께 일을 하고 싶을 때면 사무실 근처에 있는 〈테라로사〉에 갔다. 텅 비어 있는 도심 한가운

데를 바라보는 것도 흥미로웠다. 그렇게 라떼나 카푸치노 한 잔과 피칸파이를 주문해 반나절을 보냈었다. 가끔은 주말임에도 아침 일찍 일어난 내 자신이 기특하여 그에 보상으로 드립 커피와 샌드위치를 먹곤 했다.

빵과 디저트가 수준급인 〈테라로사〉는 몹시 애정하는 〈프릳츠〉보다 훨씬 오래 전부터 커피와 빵의 페어링을 연구해왔고, 덕분에 훌륭한 라인업을 보유하고 있다. 라떼와 케이크를 주문할 때마다 항상 '역시, 테라로사'라고 중얼거리기도 한다. 어디 이뿐이랴. 20여 개의 지점은 일관된 맛과 서비스를 유지하며 잘 돌아가고 있다. 커피 농장 소식과 브랜드의 소식을 알리는 정기간행물도 꾸준히 발행하고 있으며, 카페에 진열된 수천 개의 미공개 아트북은 거의 개인 소장품이나 다름없다. 빈티지 가구 컬렉션이나 수십 종의 카페 굿즈 상품은 선물용으로도 인기가 높다. 몇 년 전부터는 프랑스 파리에 오픈한다는 소식이 전해진다. 유럽의 중심지인 그곳에서 만나게 될 〈테라로사〉라니! 상상만으로도 흥분되는 일이다.

°*tips*

1. 〈테라로사〉 포스코점에 혼자 왔다면 1층 카운터 뒤에 마련된 바 테이블을 추천한다. 책장에 진열된 책은 손댈 수 없지만 그곳에 꽂힌 책들은 읽을 수 있다.
2. 포스코점에는 제빵실이 있어 직접 빵과 디저트를 굽는다. 덕분에 신선하고 맛있는 샌드위치를 먹을 수 있다.

°서울 강남구 테헤란로 440 포스코센터 °월~금요일 07:30-21:00 / 토~일요일 08:30-21:00
°@terarosacoffee

2

언
제
나

그 자리에

은둔 고수의 커피

커피랩 COFFEE LAB

누구보다 다정하고 살가운데 친목에는 별 뜻이 없는 방종구 〈커피랩〉 대표. 그와의 인연이 어느덧 14년이 훌쩍 넘었다. 내 커피 인생 통틀어 최고의 절정기를 안겨준 커피 매거진 시절, 취재로 만난 그는 매달 새로운 창작 음료를 만들어냈다. 엉뚱하면서도 놀라운 아이디어와 친절함이 인상적이었지만, 그와 나눈 이런저런 커피 이야기가 더 재미있고 즐거웠다. 무엇을 부탁해도 최선을 다하는 모습이 눈에 보였기에 감사했던 순간들이었다.

방 대표가 2008년에 오픈한 〈커피랩〉은 홍대 번화가에서 조금 떨어진 곳에 있다. 홍대입구역에서 멀지 않고 홍익대학교와 가깝다. 대학 졸업 후 사회인으로서 첫 직장이 홍대였던 탓에 그의 음료를 촬영하러 갈 때마다 전에 다녔던 회사 주변을 어슬렁거리며 옛 기억을 더듬어보기도 했다. 그때도 이 동네에는 카페들이 정말 많다고 생각했는데 여전히 많다. 그럼에도 홍대 입구역 근처에서 내가 인정하는 몇 안 되는 카페 중 〈커피랩〉은 단연 톱. 이는 단순히 커피만의 문제가 아니다.

개인이 운영하는 소규모 사업장은 알게 모르게 오너의 성격과 캐릭터가 보이기 마련이어서 메뉴는 물론 작은 소품 하나만 봐도 이렇구나, 저렇구나! 하는 이미지가 떠오른다. 깐깐하고 까다롭고 남의 간섭을 싫어하는 성격이라면 조용히 혼자 뭔가를 집중해서 결과물을 내는 창작자의 길이 맞을 것이고, 사람들과 만나는 것을 두루두루 좋아한다면 영업의 길이 맞겠다 싶은 짐작처럼 말이다.

자기 일을 끔찍이 사랑하고 커피에 대한 열정과 호기심이 가득한 방종구 대표는 보기와 달리, (그렇다! 보기엔 정말 장난기 가득하고 해맑아 보이는데) 도통 자신의 로스터리 건물에서 거의 나오지 않는다. 뭐, 그렇다 한들 카페 운영 잘하고 있고 서비스에 별다른 문제가 되지 않으니 상관없지만, 요즘 카페 오너들과는 그는 분명 다른 결을 가졌다. 그래서 더 애틋하달까? 현실적이고 합리적인 사고로 행동하면서 남을 돕는 선한 마음도 나는 알고 있다.

서교동의 낮과 밤

오랜만에 방종구 대표의 얼굴을 볼 수 있었다. 그의 일본 여행이 취소되면서 일어난 뜻밖의 만남. 카페는 전과 다름없이 어둡고 차분했다. 구석진 안쪽 자리에는 램프가 놓여 있었고 테이블 위에 낙인 찍힌 커피잔의 흔적은 〈커피랩〉의 시간을 대변해주는 듯했다. 반짝이던 천장 위의 그립은 어느새 먼지가 쌓였다. 음악은 여전히 '올디스벗구디스oldies but goodies'팝송. 하나도 변한 게 없는 것 같은데, 방 대표는 자세히 보면 여기저기 많이 고치고 바꾸고 새로 샀단다. 나는 오히려 그대로여서 좋았다는 의도였다. 오랜 기간 나의 부재를 의식하지 않는 것 같았기 때문이었다.

그는 매번 라떼, 플랫 화이트만 마시던 내가 다른 메뉴를 고민하자 '서교동의 낮과 밤'을 추천했다. 〈커피랩〉이 서교동에 있는 카페인 만큼 동네 아티스트들의 밤낮이 거꾸로 된 일상을 자주 봐왔고 그들을 위로하고자 하는 마음에서 만든 것이라며 달콤한 기쁨과 씁쓸한 애환을 표현했다고 설명했다. 비록 서교동 사는 아티스트도 주민도 아니지만 나는 멋스러운 마티니 잔에 담긴 초콜릿 시럽과 아이스크림, 꼬냑과 에스프레소 셔벗을 떠먹었다. 역시, 그는 창작 메뉴의 달인답구나. 꼬냑이 조금 더 강했으면 하는 아쉬움을 뒤로 한 채, 카페를 떠났다.

°*tips*

1. 메뉴에 플랫 화이트는 없지만 원하면 요청할 수 있다.
2. 〈커피랩〉에서 도보로 10분 거리에 〈커피랩익스프레소〉를 운영 중이다. 테이크아웃 전문점으로 라떼와 아메리카노 가격이 퀄리티에 비해 상당히 저렴하다.

°서울 마포구 와우산로29길 14 °월~토요일 08:00-23:00 / 일요일 09:00-23:00
°@coffeelab_hongdae

망원동 베스트

딥블루레이크 DEEP BLUE LAKE

나는 아직도 이철원 대표가 건넨 따뜻한 커피 한 잔을 잊지 못한다. 찬 기운이 도는 계절이었던 것은 분명한데 정확히 언제였는지는 모르겠고, 커피에 대한 그의 열정과 향긋한 커피 맛만은 또렷하다. 취재로 만난 이 대표는 여러 차례 긴 시간을 할애해 자신의 커피 인생과 커피를 바라보는 시선, 업계 상황, 운영 철학에 대한 이야기를 자세히 들려주었다.

바리스타와 커피 레시피에 대한 책을 준비했을 때에도 그 귀한 스페셜티 커피를 수차례 내려주며 맛을 보였다. 덕분에 에스프레소 베이스의 라떼와 플랫 화이트만을 마셔댄 나의 편애가 조금은 풀리기도 했다. 이렇듯 커피 퀄리티는 철저하게 엄격한 반면 커피와 관련된 이에게는 관대한 이철원 대표. 그는 내가 아는 그 누구보다 적극적으로 커피를 공부하고 실험하는 로스터이자 〈딥블루레이크〉의 오너이다.

소통하는 오너의 진솔한 카페

어느덧 〈딥블루레이크〉를 알게 된 지도 7년이 훌쩍 넘었다. 2024년 2월, 8주년이 되었다고 하니 지나온 세월이 꿈만 같고 대견하지 않을까? 카페 운영 초기만 해도 업계의 고충을 토로하며 걱정 반, 기대 반의 반, 자신감 반의 반으로 보였던 그의 어두운 얼굴이 요즘은 다행히 이전과 다른 활기가 넘쳐 보인다. 어쩌면 망원본점을 떠나 로스팅에만 집중할 수 있는 로스터리 겸 쇼룸에서 커피에 더욱 몰두하고 있기 때문은 아닌지 추측해본다.

사람과의 소통을 누구보다 중요하게 생각하는 그의 일기 같은 솔직한 피드와 영상은 수많은 팔로워를 이끌어내기도 했다. 커피를 대하는 그의 진솔한 자세와 허심탄회하게 쏟아내는 그의 열린 마음이 단어와 행간에 그대로 드러나 있다. 무엇보다 커피 전문가 이전에 자영업자의 고민이 무엇인지도 두루두루 알려주는 컨설턴트 같은 그만의 솔루션이 한몫했다. 그로 인해 무한 공감대가 형성되었으며 다양한 계층의 커피 애호가들에게 좋은 이미지를 안겨줄 수 있었다.

세계 커피 시장에서 한국의 위상이 급격히 높아지면서 신흥 커피 강국답게 전국 어디를 가도 번지르르한 외관과 커피를 비롯한 빵, 디저트까지 훌륭한 카페들이 점점 늘어나고 있다. 커피에 진심인 건 기본이고 마이크로 로스팅을 하는 오너 로스터

겸 바리스타 찾는 것 또한 그리 어렵지 않게 되었다. 크건 작건 널리 알려졌건 인기가 없건 커피를 기술적으로 전문적으로 사랑하는 사람들이 굉장히 많아졌다. 이런 현실 속 〈딥블루레이크〉가 소중하고 특별한 이유라면 화사하고 깨끗한 후미를 제공하는 균형 잡힌 클린 컵보다 스페셜티 커피를 다루는 이철원 대표의 일관된 태도와 냉철한 처신이다.

그의 글을 찬찬히 보고 있으면 스페셜티 커피에 올인한 소규모 카페 오너가 어디에 투자해야 하는지를 깨닫게 해준다. 그것은 비싼 조명이나 가구를 잔뜩 들여놓는 상큼한 리뉴얼 투자도 아니고 가게 확장이나 분점을 늘리는 이슈도 아니다. 자신도 경험했듯 누군가의 인생을 바꿀지도 모르는 감동적인 커피 한 잔만이 그의 관심사란 점이 느껴진다. 고급스러운 인테리어와 오브제보다 수년째 어제보다 더 맛있는 커피 혹은 오늘만큼 맛있는 커피를 위해 노력하는 〈딥블루레이크〉. 그렇기에 친애하는 친구와 함께 망원동 데이트를 나간다면 반드시 소개해주고 싶은 카페가 바로 이곳이다.

°*tips*
1. 〈딥블루레이크〉는 망원시장 옆에 있으니 장바구니 하나 들고 오면 어떨까?
2. 3층에도 좌석이 있지만 혼자 왔다면 2층, 에스프레소 한 잔 하면서 다정한 바리스타와의 담소를 원한다면 1층 벤치에 앉아 말을 걸어보자.

°서울 마포구 포은로6길 11 °매일 10:00-21:30 °@deepbluelakecoffee

해방촌 아지트

오랑오랑 ORANG ORANG

2018년이나 2019년이었을 것이다. 취재 명목으로 이태원, 해방촌, 경리단길에 위치한 카페들을 수소문하다 눈에 들어온 곳이 있었다. 녹사평역에서 멀지 않았지만, 마을버스를 타거나 경사진 언덕을 한없이 올라간 다음 신흥시장에서 가파른 계단으로 내려가야 했다. 그렇게 어렵사리 찾아온 카페는 늦은 오후여서 어둑어둑했다. '이런 곳에 이런 카페가?'라는 말이 절로 나올 만큼 뜬금없는 환경인데 놀랍도록 향기로운 커피 향이 흘러나오고 있었다. 첫 만남부터 강렬한 인상을 던진 곳은 바로, 〈오랑오랑〉이었다.

직업 때문이든 집착이 됐던 오랫동안 카페를 찾아다니다 보면 아무리 좋아하고 자주 오고 싶은 카페가 있어도 마음처럼 되지 않는다. 눈 뜨면 신상 카페가 탄생하는 데다 멋진 카페들이 서울에만 있는 것은 아니니까. 그렇기에 어느 날 문득, 무슨 바람이 불었는지 몰라도, 갑작스럽게 '마음속 카페'가 생각나면 황급히 인터넷으로 달려간다. 이런저런 이유로 2~3년조차 버티기 어려워하는 카페들도 많기에 아직 문을 열고 있는지 확인해야 하기 때문이다. '휴, 아직 살아 있다.'

신흥시장, 커피 사람들

아주 가끔, 그곳에 남아 있다는 사실만으로 가슴 뭉클할 때가 있다. 아마도 이곳이 내게 그런 존재였나 보다. 취재 당시만 해도 주변 지인에게 강력하게 추천하며 가보기를 종용했고 친구들도 여럿 데리고 갔던 〈오랑오랑〉. 이태원이나 경리단길 근처에 사는 친구들이 제일 고마워했는데, 지금 그 친구들은 모두 떠났으니 카페만 남은 셈이랄까? 어찌 됐든, 그간 소원했던 냉랭함을 털어버리기 위해 나는 다시 그곳으로 향했다.

카페의 외형은 변함없이 똑같았다. 추억의 브랜드 '인켈' 스피커로 흘러나오는 음악도 여전히 좋았고 2층 창밖으로 보이는 꽉 막힌 벽돌 건물조차 운치 있었다. 이곳은 비나 눈이 오는 날, 지나친 감성에 빠지기 딱 좋은 분위기를 연출할 만큼 철과 시멘트, 벽돌과 나무의 대비가 선명하다. 2층 창가 자리는 멍 때리기 좋은 구조. 그날따라 흐릿한 날씨 덕분에 창밖을 구경하다 잠시 이런저런 생각과 고민을 쏟아냈지만 바로 포기하고 멍하니 음악만 들었다. 무겁게 들고 간 노트북을 외면하고 메모장을 꺼내 들고는 잠시 끄적거리기도 했다. 맛있는 쿠키와

상큼한 맛과 향의 에디오피아 시다모를 홀짝이며 시간 가는 줄
모르게 낙서만 잔뜩 해댔다.

〈오랑오랑〉에 오면 이곳의 시그니처 디저트인 티라미수를
맛봐야 하지만 옛날에 없던 쿠키가 있길래 초코칩&피칸 쿠키
를 덥석 집어 들었다. 티라미수 시트까지 직접 만든다더니 쿠
키 맛집이라 불러도 좋을 만큼 맛있었다. 커피와의 균형 잡힌
조화는 말해 무엇하랴. 그나저나, 카페 와이파이의 패스워드가
'orangorang2015'이다. 누가 봐도 〈오랑오랑〉이 2015년에 오
픈했다는 의미. 이곳의 주인장은 내년이면 10년째이고 앞으로
어찌 될지 모르겠다고 한다. 그 이야기를 들으니, 바리스타가
아닌 소규모 자영업자의 고뇌와 수고로움이 그대로 전해졌다.
'힘내!'라는 말밖에는 할 수 없었고 속으로는 부디, 갑자기 불쑥
찾아가도 그대로 있어주기만을 바랄 뿐이었다.

°*tips*

1. 2층으로 올라가는 계단이 자칫 위험할 수 있는데, 다행히 주문한 커피를 올려다 준다. 갈
    때도 그대로 두고 가면 된다.
2. '오랑오랑'은 말레이어로 '사람들'을 뜻하며 '오랑우탄'은 '숲속의 사람'이란 의미다. 카페
    벽면에는 오랑우탄이 커피를 마시는 네온 아트가 있으며, 묘하게 귀엽다.

°서울 용산구 소월로20길 26-14 °매일 11:00-22:00 °@orangorangcoffee

BIROSO COFFEE

경의선 공원을 거니는 이유
비로소커피 BIROSO COFFEE

공덕역과 대흥역 주변에는 특유의 분위기가 있다. 대형 빌딩과 광활한 도로 이면에 펼쳐진 낡고 익숙한 것들이 새로운 시도를 받아들이며 서로 타협하고 공존하는 느낌이랄까? 오랫동안 이곳의 주민이나 상인들로 살았던 이들은 지역의 변화와 성장을 지켜보면서 활력과 희망을 얻고 있다.

10여 년 전, 공덕동 뒷골목에 문을 연 〈프릳츠〉는 나를 포함한 많은 이들을 공덕으로 불러들였고 몇 년 뒤 미국 샌프란시스코 베이스인 〈비파티세리〉도 근처에 오픈했다는 소식을 알리며 이 지역을 소위 '핫플레이스'로 만들었다. 이후 공덕은 크고 작은 커피숍들로 점차 부피가 커졌고 나의 호기심 또한 정비례했다. 〈비로소커피〉는 공덕과 그 주변 카페를 알아보다 경의선 산책로에서 발견한 카페로, 벽돌의 견고함이 커피에 대한 자부심처럼 느껴졌다.

〈비로소커피〉와의 첫 만남은 취재로 성사되었다. 동료 기자와 지인을 통해 익히 들은 바도 있었다. 커피에 대한 진지한 오너의 태도를 비롯해 밀도 있게 정립된 카페의 분위기, 부단한 생두 품질 관리로 로스팅한 원두 퀄리티에 대한 내용이었다. 하나 더 꼽자면 빵빵한 음악 사운드까지, 붉은 벽돌 건물 1, 2층이 모두 매력적이었다. 그러다 한동안 가지 않게 되었다. 넘쳐나는 신규 카페가 우선이었고, 매거진에서 멀어지면서 몸도 마음도 멀어졌다. 그래도 가끔 생각나면 찾아갔다. 원두도 사고 디저트도 먹었다. 난데없는 팬데믹은 차단과 방어만을 허용한 채 3년을 삭제했다.

비로소 찾아온 봄

마침내 획득한 자유와 광명을 누리기 위해 나는 오랜만에 경의선 숲길을 찾았다. 서서히 적색의 벽돌 건물에서 반짝이는 네온사인이 보였다. 안으로 들어가보니 2층은 그대로인 듯한데 1층이 살짝 바뀌었다. 바 형태의 테이블이 생겨났고, 주문한 커피를 기다리는 동안 앉을 수 있는 길다란 의자도 있었다. 2층에 자리 잡은 손님의 커피가 나왔음을 알려주는 안내 방송은 재미있었다. 물론, 커피는 여전히 훌륭했고 계절의 변화를 고스란히 담아내는 커다란 창문은 변함없이 아름다운 액자 역할을 하고 있었다.

눈에 띄는 또 하나 달라진 점이라면, 외국인을 비롯해 높은

연령대의 동네 손님들이었다. 다들 단골인 것 마냥 자연스럽고 익숙하게 카페를 이용했다. 편안한 옷차림의 중년 여성이 홀로 커피를 마시는 모습은 다소 충격적이었다. 수수하고 소박한 차림과 화장기 하나 없는 맨 얼굴, 한국 아줌마의 전형으로 묘사되는 짧고 굵은 파마 머리의 여성이었다.

이렇듯 카페를 가득 채운 다양한 손님을 보니 마치 〈비로소커피〉가 주최하는 동네 반상회에 참석한 기분이 들었다. 역시 좋은 카페는 누구에게나 사랑받는 법이구나. 한편으로는 카페가 더 이상 소셜 미디어의 놀이터이자 젊은 세대의 독점 문화가 아님을 이곳에서 확인할 수 있어서 기뻤다.

이곳에서 내가 즐겨 마시는 커피는 예외 없이 플랫 화이트 혹은 라떼. 고소한 원두와 2층 창가 자리를 선호한다. 거의 혼자 오는 편이라 머무는 시간은 대략 한두 시간 정도. 이번에도 그랬고 창문 너머 산책하는 사람들을 물끄러미 바라보았다. 개인적으로 〈비로소커피〉는 〈프린츠〉나 〈비파티세리〉에서 1차로 커피와 빵을 섭취한 뒤 2차나 3차로 마무리하는 피날레 같은 존재랄까? 덕분에 나는 이곳에서의 시간을 화사한 벚꽃 엔딩으로 맺을 수 있었다.

°*tips*

1. 2층에 자리를 잡았다면 주문을 한 뒤 카운터 앞 의자에서 앉아 기다렸다가 올라가는 걸 추천한다.
2. 2층에는 신발을 벗고 들어가는 방처럼 보이는 분리된 공간이 있다.

°서울 마포구 광성로6길 42 °매일 10:00-22:00 °@birosocoffee

언덕 위 풍경화

후엘고 HUELGO

―――――――――――――――――――――――――――

〈후엘고〉를 안 지는 조금 오래 되었다. 브랜드의 로고, 카페의 분위기, 커피 메뉴, 오너의 소통 방법 등을 지켜보며 이곳은 어디에 자리 잡든 인정받겠다 싶었다. 그런데 위치가 살짝 난감했다. 대흥역에서 멀지 않은 곳에 있지만, 경사진 언덕을 한참 올라가야 해서 목적지에 도달할 때면 언제나 가쁜 숨을 몰아쉬며 문을 열었다. 그날도 살짝 땀이 났던 탓에 얼음이 들어간 커피를 별로 좋아하지 않음에도 슬러시 타입의 커피 음료를 주문해봤다. 한번도 마셔본 적 없는 메뉴였다. 오늘만큼은 라떼가 아닌 다른 음료를 마시고 싶은 충동이 밀려와 선택한 결정이었다.

시트러스 향이 가미된 귤라떼를 기다리며 주변을 둘러보았다. 땀은 다 식었고 외부의 찬 기운이 바람결에 움직이고 있었다. 습관처럼 노트북을 꺼냈지만 자판을 세게 두드리기 미안했다. 잔잔한 카페의 분위기가 영화의 스틸 컷처럼 차분했기 때

문이다. 적갈색의 나무 인테리어와 짙은 회색의 시멘트로 마감한 벽, 낮은 조도의 조명, 그리고 그날의 흐릿한 날이 빚어낸 무대 배경은 매우 연약했으나 왠지 모를 따스함이 있었다.

즐거운 외도 한 잔

귤라떼를 크게 한 모금 삼키고 나니 밝고 경쾌한 리즐링을 마시는 기분이었다. '색다른 라떼구먼!' 입안의 생기가 가득해졌다. 그동안 바리스타의 창작 메뉴에 대한 나의 불신과 알러지 반응이 조금 부끄러워질 만큼 〈후엘고〉의 이색 음료는 내 마음에 쏙 들었다. '이렇게 맛있는 줄 알았다면 진작에 올 걸 그랬나' 싶었다. 단숨에 잔을 비우고는 평범한 라떼를 다시 주문할까 고민했다.

달콤한 디저트를 달고 사는 내게도 나름의 원칙이 있다면 커피는 (웬만하면) 달게 마시지 않고 얼음도 (거의) 넣지 않는 것인데. 〈후엘고〉에서 이런 틀을 깨뜨릴 수 있어서 다행이었다. 무작정 바닐라 시럽이나 모카 시럽을 넣고 생크림이나 커스터드 크림을 얹은 커피는 원치 않기 때문이다.

적당히 차고 달고 상큼했던 귤라떼가 사라진 다음, 〈후엘고〉 같은 명민한 카페가 내가 사는 동네에도 있다면 좋겠다는 생각을 했다. 물론, 훌륭한 커피와 멋진 분위기를 갖춘 카페에 갈 때마다 드는 바람이지만 내가 느끼는 이곳의 차분함과 아늑함은 독보적. 시드니 해변가 언덕에서 마주친 어느 카페가 연상되었다. 그곳처럼 왁자지껄하지 않지만 언덕에서 누리는 고요함과 편안함이 있었다. 한 시간 가까이 있는 동안 카페의 잡음은 나를 전혀 방해하지 않았고, 벌컥 마셔버린 잔을 밀쳐내고 바깥 풍경을 바라만 봐도 평화로웠다. 숲도 강도 아닌 높이 솟은 아파트만 보였음에도 말이다.

°*tips*

1. 휴무일은 목요일이지만 바뀌는 경우도 있으니 방문할 계획이라면 인스타그램에서 먼저 확인하는 게 좋다.

2. <후엘고>의 커피도 좋지만 계절마다 찾아오는 창작 메뉴를 추천한다.

°서울 마포구 마포대로11길 118 °월~수, 금요일 10:00-18:00 / 토~일요일 11:00-18:00 / 목요일 휴무 °@huelgocoffee

신촌역 오아시스
써밋컬쳐 SUMMIT CULTURE

몇 년 전, 바리스타와 관련된 책을 준비하면서 평소 알고 지내던 바리스타가 아닌 누군가의 추천을 받으면 어떨까 싶었다. 믿고 가는 카페의 바리스타가 칭찬하는 다른 카페의 바리스타가 누구일지도 궁금했고, 나의 검증보다는 훨씬 신빙성 있는 선택일 거라 생각했다. 그리하여, 당시 광화문에 다른 둥지를 튼 〈펠트FELT〉의 송대웅 대표로부터 〈써밋컬쳐〉의 신종철 대표를 소개받았다.

신촌역에서 가까운 〈써밋컬쳐〉는 로스터리 카페다. 신 대표는 이곳의 규모를 감안하여 심플하게 유지하고 있었다. 군더더기 없는 하얀색 벽면은 말끔했고 테이블과 의자의 경계 없이 기능이 호환되도록 구성했다. 카페를 기억하기에 좋은 몇 개의 상징적인 오브제도 있었고 보이지 않는 공기의 흐름을 멋진 음악 선율로 채워놓고 있었다. 사실, 그것으로 충분했다. 주인공은 어차피 커피가 아니던가.

그가 건네어 준 훌륭한 컵 노트의 드립 커피를 연달아 마시며 인터뷰임을 망각한 채 다양한 이야기를 나누었다. 학구적이고 침착해 보이는 인상과 달리 대학에서 음악을 전공한 뮤지션이었던 신종철 대표. 그는 어느 날 문득, 오랫동안 학생들에게 기타를 가르치며 지내온 자신의 삶과 일을 뒤돌아보고 싶었다고 했다. 그렇게 떠난 제주도에서 운명처럼 커피를 만났으며 인생 2막으로 삼을 만큼 매료되었다고. 서울로 올라온 다음 지체 없이 바리스타가 되고자 했던 그는 성실함과 집요함을 근간으로 달려왔다. 기타를 치던 가늘고 부드러운 손이 커피를 내리는 향긋한 마법을 부리게 된 것이다.

그의 드라마틱한 반전 인생을 들으며 내게도 꿈이 있었음이 떠올렸다. 잠깐이었지만 실천으로 옮기지 못한 자기 연민에 빠지기도 했다. 눈앞에 있는 문을 열어볼 용기가 부족했던 것은 아니었는지 후회도 되었다. 아무튼, 그와의 대화는 무척이나 즐거웠던 동시에 이루지 못한 과거를 회상하게 만들었다.

선택과 집중

신종철 대표의 아내는 베이커다. 카페에서 스쳐 지나가며 몇 번 본 적이 있었는데, 어느새 부부가 되어 만나게 된 두 사람. 그들은 각자의 특기를 살려 연남동에 베이커리 카페 스타일로 〈써밋컬쳐〉 2호점을 오픈했었다. 맑은 날이면 눈부신 햇살이 실내를 가득 비추고, 가을이면 창밖의 알록달록한 단풍나무를 단독 전시한 것마냥 주변 환경이 아름다운 곳이었다. 자연의 변화를 감지하며 혼자 가더라도 외롭지 않았던 연남점. 신 대표는 이곳을 1년 조금 넘게 운영한 뒤 정리했다며 아쉬워했다. 그러나, 선택해야 했고 하나에 집중하는 것이 현명했다.

지금은 고양시에 로스팅 공간을 넓혀 이동했고, 신촌을 오가며 납품과 카페 운영에 좀 더 신경 쓰고 있다. 불행 중 다행인 건 〈써밋컬쳐〉에서는여전히 맛있는 디저트를 즐길 수 있다는 사실. 나는 잠시나마 보늬밤이 송송 들어간 치즈케이크를 먹고 감도 깊은 플랫 화이트와 함께 감미로운 재즈를 듣는 호사를 누리기로 했다. 덕분에, 친근한 신 대표의 환대를 받으며 그가 내려준 탄자니아 게이샤를 홀짝일 수 있는 행운을 얻었으니, 이곳은 신촌의 오아시스가 분명하다.

°tips
1. 작은 공간임에도 다양한 디저트와 음료 메뉴가 준비돼 있다. 빅토리아 케이크는 〈써밋컬쳐〉의 오리지널 시그니처나 다름없고, 보늬밤이 통째로 들어간 바스크 치즈케이크 역시 신상 시그니처라 부르고 싶을 만큼 맛있다.
2. 신종철 대표에 따르면, 요즘 디카페인 커피가 놀랍도록 맛있다고 한다. 늦은 오후라는 이유로 그동안 커피를 애써 외면했다면 이제는 마음 편히 마셔도 좋을 듯.

°서울 마포구 신촌로14안길 11 엘루체 102호 °월~금요일 11:00-20:00 / 일요일 12:00-19:00 / 토요일 휴무 °@summit.culture

자양동 에이스
칼레오 커피로스터스 KALEO COFFEE ROASTERS

10평 남짓한 공간을 분할하여 사용하는 터라 열 명이 들어오면 더 이상 들어올 수 없을 만큼 자그마한 카페, 〈칼레오〉. 내부가 북적거린다 싶으면 사람들은 알아서 테이크아웃을 하거나 잔을 들고 나가 밖에 마련된 벤치에 앉는다. 건대입구역에서 5분 거리인 이곳은 자양동에서 보기 드문 로스터리 카페로 인기가 매우 높다. 프랜차이즈 카페들로 포섭된 상권임에도 구의역이나 성수역 쪽으로 가게 되면 간혹 만나게 되는 작지만 큰힘을 가진 '강소 카페'인 것. 집에서도 10분 거리이고 퀄리티에 비해 가격이 저렴하여 커피 찾아 멀리 가기 싫은 날, 부담 없이가곤 한다.

동네 사랑방

최근 〈칼레오〉는 깔끔하고 정갈한 인테리어로 변모했다. 그동안 동네 밖 카페로만 돌아다니던 내가 등잔 밑이 어두웠나

보다. 한때는 이틀이 멀다 하고 테이크아웃을 하며 동네를 산책했고 집 근처로 찾아오는 친구와 미팅 장소로 이곳을 선택하곤 했는데, 꽤 오래 소원했다. 그 사이 전파를 탔는지 요즘엔 멀리서도 〈칼레오〉까지 오는 손님이 많아진 듯하다. 겨우 한 정거장 차이임에도 성수동처럼 유행의 첨단을 보여주지도 않고 브랜드 팝업 같은 행사는 절대 일어나지 않는 그야말로 '세상 관심 밖'인 지역인데 말이다.

자양동과 구의동 중간 위치인 이곳은 근처 대학교와 백화점, 아파트 단지로 인해 상권 확장이 어렵다. 그래도 동네 인기 맛집은 있는 법이니, 〈칼레오〉가 문을 열자마자 기다렸다는 듯 근처 회사원들의 단체 아이스 아메리카노 주문이 들어왔다. 방학 중인 대학생 무리도 들어와 개인 텀블러를 가지고 주문을 했다. 동네 손님으로서 왠지 로컬 카페의 성공한 사례를 보는 것만 같아 흡족했다.

얼마 전 나를 미소 짓게 한 일은 동네 아줌마 두 분이 자전거를 타고 이곳으로 와 커피를 마시며 나누던 짤막한 대화였다. 방문객의 모든 대화가 공유되는 공간인지라 자연스럽게 들었던 내용은 이랬다. 정황상, 한 아줌마가 다른 아줌마를 처음 데려온 모양이었다. "여기 커피 맛있재?"라고 묻자 "잉, 그러네. 괜찮네" 하며 "아이고, 차가워라", "아이스니께 차갑재", "아이고 그러네, 내가 착각해버렸어, 아이스랑 차가운 거랑."

아줌마 두 분은 커피를 몇 모금 마시고는 테이크아웃하여 자전거와 함께 유유히 사라졌다. 짧은 파마 머리에 부채를 들고 온 전형적인 한국 아줌마들이 자양동 카페 성지라 불리는 〈칼레오〉에 있으니, 이것이 진정 로컬 맛집이 아닌가 싶었다. 정말 멋쟁이들이었다. 성수동 어디에서도 볼 수 없었고 신사동, 청담동 카페에 앉은 명품백을 든 사모님들과 차원이 다른 '우리 동네 바이브'여서 어찌나 기분이 좋던지. 통쾌하고도 가슴 따뜻한 순간이었다.

°*tips*

1. 소규모로 운영되는 개인 카페이므로 영업 시간이 사정에 따라 달라질 수 있으니 방문 전 인스타그램을 통해 확인하는 것이 좋다.

2. 퀄리티 대비 가격이 낮아 하루 두 잔의 라떼를 마셔도 만 원이 넘지 않는다.

°서울 광진구 아차산로 291 1층 °월~금요일 10:00-19:00 / 토요일 12:00-18:00 / 일요일 휴무 °@kaleocoffee

3

달
콤
한

씬스틸러

선물 같은 하루

프린츠 FRITZ

도화동에 〈프린츠〉가 처음 문을 열었을 때 이곳이 성공적인 베이커리 카페의 모델이 될 거라는 예상은 어렵지 않았다. 커피와 제빵업계의 넘치는 열정과 실력을 갖춘 6명이 힘을 합쳤으니 답이 뻔했다. 몇 년 뒤 〈프린츠〉는 2호점인 원서점을 오픈했다. 원서동은 내외국인 집중 동네인 안국동과 삼청동, 북촌과 인접해 있지만 상대적으로 한적한 동네로, 〈프린츠〉 원서점은 김수근 건축가가 설계한 아라리오 뮤지엄 건물 1층에 자리를 잡았다.

원서점 원픽

원서점은 담쟁이덩굴이 멋지게 건물 외벽을 감싸고 있는 갤러리와는 독립적으로 운영되고 있다. 테이블이 놓인 홀이 한옥의 별채처럼 분리되어 있고 석탑이 있는 외부에도 앉을 자리가 있어 날씨만 좋다면 상석이 따로 없다. 외부와 통하는 문도 건

물 안으로 들어와야만 해서 도심 속 숨은 안식처로 제안할 수 있는 최고의 장소다.

한옥의 정서를 담은 도화점에 비해 원서점은 갤러리가 옆이고 근대 건축물의 편리함과 한옥 스타일의 정취가 주변 분위기와 조화를 이루며 아담한 규모로 운영되고 있다. 내가 〈프릳츠〉 지점 중 원서점을 가장 좋아하는 이유다. 또한, 과거와 현재를 관통하는 문화유적지가 지척에 있고 날씨에 따라 감상 포인트가 다른 매력이 있다. 무엇보다 빵과 커피만큼은 이곳을 따라가기 힘들 정도로 안정적인 경쟁력을 보유하고 있으니, 무슨 설명이 더 필요할까? 다만 작은 공간으로 인해 빵 라인업이 화려하지 않은 것이 단점이라면 단점. 유기적인 동선 대신 들락날락해야 하는 점도 불편할 수 있으나 오히려 그 때문에 카운터와 분리될 수 있어 자유롭다.

내가 이토록 친애하는 〈프릳츠〉 원서점. 한때 외부 미팅을 해야 할 일이 있으면 일부러 강남 대신 원서점에서 만나자고 제안했을 정도였다. 다행히, 모두 이곳을 좋아했다. 답답한 사무실을 벗어나 잠시 기분 전환할 수 있기도 했고, 고즈넉한 카페에서 미팅의 필수 요소인 커피와 간식의 수준조차 최고였으니 거절할 이유가 없었다.

최근에는 한국의 빵과 커피와 얼마나 괜찮은 지 알려주고 싶은 마음에 외국인 친구들을 많이 데려갔다. 그들도 예외 없이 〈프릳츠〉의 커피와 빵을 무척이나 좋아했다. 게다가, 카페 방문을 겸해 인사동이나 경복궁, 광화문까지 구경할 수 있으니 최적의 위치였다.

　주말이면 〈프릳츠〉 앞에서 문전성시를 이루는 손님들로 인해 나의 사적인 방문은 평일 오전 10시 즈음이다. 농담이 아니라 나는 이곳의 빵과 커피를 먹고 마시는 동안만큼은 마음속 근심을 잠시나마 내려놓는다. 눈부신 햇살과 맑은 공기, 바람까지 잔잔하게 부는 날이기라도 하면 선물 같은 하루가 펼쳐진다.

　대부분은 혼자 와서 라떼 혹은 플랫 화이트와 크루아상, 산딸기 크루아상, 퀸아망과 같은 페이스트리를 주로 선택하지만 가끔은 크림 도넛이나 설탕이 잔뜩 묻은 도톰한 토스트를 즐길 때도 있다. 음악 선곡이 좋은 카페로도 유명한 〈프릳츠〉. 제주 성산일출봉 근처에도 지점이 있다고 하니, 그곳에 가면 바다를 보며 무념무상할 수 있을지 궁금하다.

°*tips*

1. 　날씨가 좋다면 실내보다는 석탑이 있는 야외 테이블을 추천한다.

2. 　주문하는 공간이 좁은 탓에 빵과 커피를 주문한다면 커피를 미리 말하고 빵을 고르는 편이 낫다.

°서울 종로구 율곡로83 아라리오 뮤지엄　°매일 09:00-20:00　°@fritzcoffeecompany

제대로 굴려 굽기

굴림 GOOLLIMM

어느덧, 5년 전이다. 이곳을 어떻게 발견했는지는 기억나지 않지만 진한 고동색의 색감과 윤기가 잘잘 흐르는 겹겹의 크러스트, 도톰하고 선명한 층을 가진 크루아상 사진에 시선을 홀랑 빼앗긴 것만은 분명하다. 맛있는 빵과 커피의 대명사가 된 〈프릴츠〉에서 일했던 직원이 오픈한 매장이라는 문구도 어렴풋이 떠오른다.

〈굴림〉의 첫 매장은 논현동 골목에 있었다. 도로에서 많이 벗어나지는 않았고 길목 언저리에 위치해 있었다. 눈에 확 띄는 장식이나 간판이 없어도 나무 보드에 적힌 둥글둥글한 서체로 '굴림'이라 적힌 서체만은 인상적이었다. 조용한 골목만큼 논현동 〈굴림〉은 정적이고 고요한 이미지, 음료보다는 버터 가득 발린 빵에 집중하고 있다는 느낌이 강했다. 메뉴 구성은 누가 봐도 페이스트리와 비에누아즈리Viennoiserie에 올인한 듯 보였으며 커피보다는 차 중심이었다. 지금은 소금빵과 베이글 시

대인 듯하나 그때만 해도 구움과자의 전성기였달까? 여러 종류의 페이스트리 제품과 더불어 다양한 맛을 지닌 까눌레, 피낭시에, 마들렌 등이 진열돼 있었다. 구움과자를 별로 좋아하지 않았지만 〈굴림〉의 작은 디저트는 마음에 들었다.

〈굴림〉이 성수동으로 이전했다는 소식을 들었다. 어찌나 반갑던지. 나도 모르게 입가에 미소가 번졌다. 집 근처에 좋아하는 매장이 있다는 사실은 마치 친한 친구가 우리 동네로 이사 온 것 같은 기분을 들게 하니 말이다. 그래서인지 누구보다 먼저 확인하고 싶었다.

제법 쌀쌀한 날씨였는데도 공식 오픈 날짜 즈음, 나는 집에서 나와 이곳으로 걸어갔다. 긴 옷을 차려 입고 한강변을 따라 부지런히 걸어가니 땀이 살짝 났지만, 대중교통을 이용하지 않고도 〈굴림〉에 갈 수 있어서 행복했다. 이것만으로도 충분히 기뻤는데 새로 문을 연 카페는 전과 달리 탁 트인 창문과 숨겨진 테이블 공간, 멋진 음악과 인테리어가 단숨에 눈길을 사로잡았다. 게다가 한강과 불과 2~3분 거리라니! 비록 성수 번화가와는 조금 떨어져 있다 해도 〈굴림〉에서 빵과 커피를 사 들고 피크닉이나 산책을 갈 수 있어 기뻤다.

굴림에 이끌림

주말 내내 과식한 몸이 무거워 한강변을 따라 달리다 보면

언제나 〈굴림〉 바로 근처까지 가게 된다. 운동의 효과를 높이려면 집으로 곧장 돌아가야 하는데 쉽지 않다. 햇살이라도 좋은 날이면 이곳의 멋진 오디오 시스템에서 흘러나오는 음악과 향긋한 커피, 그리고 바스락 부서지는 페이스트리의 유혹을 뿌리칠 수 없다. 비나 눈이 오면 촉촉한 날씨에 어울리는 〈굴림〉만의 간식들이 넘친다. 길목 끝자락, 그 한적함이 주는 평온함은 '이곳이 쉼터이니 내게 쉬어 가라' 말해준다.

나는 〈굴림〉의 크루아상을 가장 좋아하고 같은 반죽을 이용해 만든 소시지롤이나 초코크루아상, 퀸아망도 종종 사먹는다. 이곳은 번뜩이는 아이디어가 샘솟는 오너 파티시에의 창작 메뉴도 기발한데 팥과 버터를 이용하기도 하고, 말차 크림과 아이스크림을 올린 크루아상도 독특하다. 특히, '빼빼로 데이' 시즌마다 한정 생산되는 〈굴림〉의 통통한 페이스트리 초코 스틱은 받고 싶은 선물 중 하나. 그러나, (내게) 줄 사람이 없는 관계로 내가 사서 (해마다) 먹고 있다. 아무튼, 구움과자보다 페이스트리 라인업을 더 사랑하는 나에게 〈굴림〉은 이끌림 그 자체다.

°*tips*

1. 얼마 전 경복궁역 근처 문을 연 <굴림> 서촌점은 앉아서 마실 수 있는 테이블이 제한적이라 음료 주문 시에만 착석이 가능하다.

2. 매년 '빼빼로 데이'가 되면 주문 생산되는 페이스트리 초코 스틱을 꼭 먹어보길 바란다. 그 어떤 '빼빼로 스타일 디저트'보다 이곳이 최고라 확언할 수 있다.

°서울 성동구 성수이로5길 1 °수~월요일 11:30-19:30 / 화요일 휴무 °@goollimm

완벽한 3코스
몬탁 MONTAUK

오래전 내방역 근처의 회사에 다닐 때, 아침에 출근하면 커피에 조예가 깊은 대표님의 배려로 원두를 매일 내려 마시는 호사를 누리곤 했다. 그런 일상이 참 고마웠다. 점심 식사 이후에는 주변 카페에서 더러 마시기도 했지만 회사 커피가 더 좋았다. 그러던 어느 날, 자주 가던 식당 골목에 〈메종엠오〉가 문을 열었다. 디저트의 신세계가 열린 것이다. 이후 그곳과 멀지 않은 위치에 커피 맛집이 하나둘 생겨났다. 1년 뒤에는 새로운 빵집이 등장했고 브런치 카페와 디저트 카페, 그로서리, 반찬 가게 등이 새록새록 들어섰다.

가고 싶은 곳들이 서서히 늘어나고 있었지만 슬프게도 나는 더 이상 회사에 다닐 수 없게 되었다. 퇴사가 얼마 남지 않은 무렵, 나는 점심을 먹고 나면 혼자만의 시간을 가졌다. 서둘러 밥을 먹고 서리풀 공원에 올라 짧은 산책을 즐겼다. 언덕배기를 오르느라 숨이 턱턱 막히기도 했지만, 공원 한 바퀴를 돌고 나면 마음이 그렇게 상쾌할 수 없었다. 내려오면서 커피 한 잔이 간절할 때마다 찾아간 공원 옆 카페는 제 기능을 하지 못하는 듯하더니 어느 날 사라져버렸다. 인적이 너무 드물기도 했고 일단 커피 맛이 심각했는데 결국 문을 닫고 만 것이다. 아무튼, 2주일 뒤 나는 회사를 떠났다.

커피, 빵, 산책의 3박자

프리 워커의 삶을 다시 살게 되면서 각종 미디어와 잡지, 책에 〈메종엠오〉를 소개한 적이 더러 있었다. 친구들에게 디저트 카페를 알려줄 때마다 이곳을 소개하곤 했다. 그런 식으로 나만의 합당한 이유를 갖게 되자 다시 내방역으로 출근 아닌 관광객 모드로 오기 시작했다. 포지션이 달라지니 한 번 올 때마다 두어 곳을 더 가봐야 덜 아쉬웠다.

그 와중에 소셜 미디어의 알고리즘이 〈몬탁〉이라는 베이커리 카페를 제안했다. 오너는 호주에서 지낸 것 같았고, 자연스럽고 무난한 감성이 카페에 맴돌았다. 무엇보다 내가 몹시 좋아하는 페이스트리 빵으로 진열된 쇼케이스와 커다란 창문 너머 보이는 골목이 전혀 낯설지 않았다. 순간, 이곳에 가면 그때, 그 감정과 재회할 수 있을 것만 같아 살짝 흥분되기도 했다. 서리풀 공원과 가까운 〈몬탁〉은 숲도서관과도 지척이었다. 시간 여유만 되면 카페에 들른 다음 도서관과 공원에도 갈 수 있는 데이 코스가 완성되었다.

겨울의 끝자락, 차가운 햇살이 반짝이던 아침, 친구와 〈몬탁〉을 찾아갔다. 혼자 몇 번 방문했던 터라 나와 커피와 빵 취향이 비슷한 친구가 좋아하리라 확신했다. 카페는 사람들로 가득했다. 평일 점심 시간이 훌쩍 지났는데도 앉을 자리가 마땅치 않았다. 다행히 창가에 앉았던 사람들이 우르르 나가면서 자리가 생겼다. 당연하듯 라떼와 크루아상을 주문하고 착석.

친구는 오톨도톨하고 거친 흙의 질감이 살아 있는 머그와 플레이트, 그리고 깊게 파인 노인의 굵은 주름살처럼 나무의 결이 도드라진 테이블이 인상적이라고 말했다. 파르르 부서지는 크루아상의 얇은 크러스트를 보면서 옅은 미소도 지었다. 고소한 라떼도 만족스러워하는 얼굴이었다. 아침을 먹지 않은 상태여서 더욱 맛있었는지 몰라도 분명한 건 카페 안을 채운 모든 것이 다정했고 따스했다는 사실이다. 그것이 꼭 필요했고 넘치게 충분했던 우리는 〈몬탁〉을 나와 식후 산책을 겸한 도서관으로 발걸음을 향했다. 어떤 하루의 완벽한 반나절이었다.

*<몬탁> 김찬주 대표 인터뷰는 p223~229에서 만나볼 수 있다.

°tips
1. 빵 좋아하는 친구에게 빵 맛 좋은 <몬탁>의 빵 선물세트를 추천한다.
2. 빵과 커피를 사서 근처 공원에서 가벼운 산책을 해도 좋다.

°서울 서초구 서초대로32길 8 °매일 09:00-19:30 °@montauk.official

굿모닝!
우스블랑 OURS BLANC

아주 가끔, 밤새도록 글을 쓴다. 한, 두 시간 잤을까 싶은 아침을 맞이하면 마치 술에 취한 사람처럼 모든 것이 휘청거려 보인다. 만약 그날이 주말 아침이라면 나는 십중팔구 〈우스블랑〉에 가고 싶다. 밤새 소진된 에너지 보충에 탄수화물과 카페인 만한 것이 없기도 하고, 이 두 가지의 환상적인 페어링을 공급받을 수 있는 멋진 장소이기 때문이다. 게다가, 아침 8시에 문을 열어주니 뻐근한 육신을 침대로 들이밀지 않고 찬물로 얼굴을 대충 씻은 뒤 바로 지하철을 타면 8시 즈음 도착할 수 있다. 오픈런이 목적이 아님에도 불구하고 가게 문이 열리자 마자 들어가는 셈이다.

자주 일어나는 일이 아닌지라 어쩌다 이런 상황이 벌어지면 알 수 없는 짜릿함이 폭발한다. 누구보다 일찍 일어난 것도 아니고 오직 정신의 흐름을 끊고 싶지 않아 달려왔을 뿐인데 왠지 보상받는 느낌이랄까?

긴 밤의 리추얼

무기력증과 우울증이 찾아와 유난히 힘들었던 지난 겨울과 봄, 도무지 아무런 일을 할 수 없어 멍하니 밤잠을 설치거나 하루 종일 영화와 책에만 미친 듯이 탐닉하던 날들이 허다했다. 그 어떤 것도 하기 싫었으므로 좋아하는 것조차 멀리했다.

이런 나를 딱하고 한심하게 여긴 친구가 억지로 끌어내고 말았다. 가고 싶은 곳을 묻길래, 하필 또 잠을 못 잔 터라 〈우스블랑〉이라 대답했다. 그곳의 따뜻한 라떼와 빵을 먹고 싶다 했더니 다행히, 친구도 좋아하는 베이커리 카페라고 했다. '그렇지, 거기 인기 많지.'

평일 오전 9시가 조금 넘은 시간이었건만 출근길 사람들이 휩쓸고 간 것인가? 먹고 싶은 빵이 진열대에 하나도 없었다. 어쩔 수 없이 남아 있는 빵 몇 개를 골라 라떼와 함께 주문했다. 오랜만에 오니 반가웠고 빵과 커피를 마주하니 기분이 나아졌다. 부드럽고 쫄깃한 빵이 도파민을 자극하여 아드레날린을 쏟아내는 것만 같았다. 가능하다면 카페에 오래 머무르고 싶었다. 그러나, 커피는 차가워졌고 빵은 진작에 사라졌다.

언제 다시 올까 싶어 주섬주섬 빵 서너 개를 포장했다. 집에 와서는 조용히 커피를 내렸다. 〈우스블랑〉의 바게트와 통밀빵은 여전히 향긋했고 촉촉했다. 갈레트는 비상 디저트로 쟁여놓아야 해서 냉동실에 넣었다. 마치 쌀 한 포대를 산 것처럼 든든

했다. 비로소 그제서야 뜨거운 샤워를 하고 침대로 기어들어갈 수 있을 것만 같았다. 길고 긴 어젯밤의 고통에 대항해준 고마운 친구와 〈우스블랑〉 덕분이었다.

°*tips*

1. 서울에서 맛있는 갈레트를 판매하는 베이커리 중 한 곳이다.

2. 지난 5월, 혜화동에 <우스블랑>이 문을 열었다.

°서울 용산구 효창원로70길 4 °매일 08:00-19:00 °@ours_blanc_

도서관 가는 날
보스베이글웍스 BOSS BAGEL WORKS

혼자 지내는 삶이란 이런 것이다. 하루 종일 말하지 않는 날들의 연속. 급한 용건은 전화 대신 메신저 창을 띄어놓고 소통할 수 있으니 목소리를 내뱉을 필요가 없고, 친구와 가족도 멀리하다 보니 만나서 왁자지껄한 수다를 떨지도 않는다. 서로의 안부 역시 메신저로 물어보고 귀여운 이모지를 보내며 '잘살겠지, 힘들면 힘내'라는 무음의 위안만을 주고받을 뿐이다.

나는 자발적으로 이런 분리와 단절을 원했다. 철저하게 고립되고 싶었다. 방송에서 떠드는 소리와 음악만이 집 안을 채워갔다. 그래도 가끔은 밖으로 탈출하여 조용히 있고 싶었기에 도서관을 다니기로 했다.

도서관은 덤?

나는 갤러리와 박물관, 도서관을 참 좋아한다. 혼자 있는 것이 자연스러운 장소들. 특히 도서관에 가면 책으로 둘러싸여

있다는 사실만으로 행복한데, 지난 겨울 내방역에서 가까운 '방배숲환경도서관'을 친구와 길을 걷다 우연히 발견했다. 우거진 나무가 보이는 숲에 둘러싸인 도서관이라니! 나는 1초의 망설임 없이 바로 출입 카드를 만들었다.

그 다음 한 일은 주변에 갈 만한 카페 검색. 친구와 나는 〈보스베이글웍스〉를 마음에 두고 있었다. 쫄깃하고 담백한 베이글 전문점이면서 커피 대회 우승자가 상주하며 커피 퀄리티를 책임지고 있었다. 원래 계획은 공원을 지나 다른 동네로 이동하는 것이었지만 상황이 이렇게 된 이상 그곳의 맛과 분위기를 알아보기로 했다.

오픈한 지 얼마 안 된 〈보스베이글웍스〉에는 이미 많은 사람들이 앉아 있었다. 마침, 배가 고팠던 우리는 빵과 커피를 주문했다. 쫄깃한 베이글과 라떼 한 잔은 그야말로 완벽한 조합이었다. 비록 작년 여름, 캐나다 몬트리올에서 맛봤던 정통 베이글과는 차원이 다른 식감이었으나 한국인들은 부드럽고 촉촉한 질감을 더 좋아하니 어쩔 수 없으리라.

라떼는 기대했던 만큼 진하고 고소했다. 이렇게만 꾸준히 유지한다면 이곳은 방배동 골목에서 커피가 맛있는 베이글 카페로 살아남지 않을까? 인테리어도 고급스럽고 직원도 모두 친절했다. 아무튼, 내게는 집과 조금 먼 곳이라 도서관에 올 일이 있다면 이곳을 꼭 들러 커피와 베이글을 먹겠다고 다짐했다.

그러던 어느 날, 나의 간절함이 통한 것인지 도서관에서 뜻밖의 문자가 날아왔다. 매주 화요일마다 인문학 강의가 개설되었다는 소식이었다. 나는 다시 '1초의 망설임 없이' 신청했고 모집 정원에 포함되었다. 와우, 다행이었다. 외톨박이의 일상에서 조금이라도 벗어날 수 있는 기회가 생겼고 이를 핑계 삼아 베이글과 커피 페어링을 즐길 수 있게 되었으니 말이다. 역시, 사람 일은 모르는 것이구나! 일련의 이런 흐름이 신기하면서도 재미있다. 덕분에 매주 화요일은 베이글과 커피를 즐긴다. 내가 예상했던 그런 일상이다.

°*tips*

1. 부드럽고 담백한 베이글이라 부담 없이 먹을 수 있지만 멈출 수 없다는 단점이 있다.

2. 룸 형태의 공간이 있는데, 2인 이상일 경우 이용이 가능하다.

°서울 서초구 서초대로25길 54 °매일 10:00-19:00 °@bossbagelworks_official

도전과 모험 정신

어니언 ONION

해외 인플루언서의 추천과 극찬이 있었던 것일까? 평일, 주말 상관없이 외국인 관광객의 성지가 된 〈어니언〉 성수점. 갈 때마다 다양한 외국어가 들리는 탓에 한국이 아닌 착각마저 든다. 이벤트라도 펼쳐지면 문 여는 시간 전부터 대기 줄이 있는데, 그 속에서도 중국어는 물론, 불어와 일본어, 아랍어까지 심심치 않게 들을 수 있다.

어느 주말 오전에 갔던 안국점의 상황도 성수점과 크게 다르지 않았다. 서울관광안내 책자에 〈어니언〉이 실렸는지, 홀에는 외국인 관광객들이 정말 많았고 빵을 사기 위한 줄이 문밖에도 있었다.

무한 매력의 소유자

나는 미(美)각과 시각, 미(味)각적 요소들이 넓은 공간에 한데 어우러져 반응하는 〈어니언〉 성수점이 론칭했을 때부터 찾아온, 꽤 오래된 '묵은지' 손님이다.

7~8년 전쯤, 성수동에 괜찮은 베이커리 카페가 생겼다면서 커피를 좋아하는 친구로부터 함께 가보자는 연락이 왔다. 그렇게 친구의 추천으로 찾아간 〈어니언〉. 차갑고 딱딱한 돌 의자에 자리를 잡고 친구와 난 잠시 창문을 통과하는 차갑고 희미한 햇살을 바라봤다. 긴 소매 옷을 입고 있었으니 아마도 늦가을이나 초겨울 무렵이었을 것이다. 우리는 눈처럼 소복이 쌓인 달콤한 빵도르와 아메리카노를 먹으며 사람도 거의 없는 휑한 공간에서 몇 시간을 떠들었다. 그때만 해도 인더스트리얼 콘셉트가 낯선 시기였지만 친구와 나는 차갑고 어두운 분위기의 카페가 마음에 들었다.

화려함과 세련됨과는 거리가 먼 〈어니언〉은 마치 공장을 철거하다 중단한 상태처럼 칙칙하고 어둑어둑했다. 건물과 건물이 분리되어 있었고 야외 가든에 여러 개의 테이블이 놓여 있어 앉을 공간은 충분히 많았다. 게다가, 비나 눈이 오는 날이면 이곳은 꽤 낭만적이기까지 해서 친구와 나는 퇴근 후 종종 오기도 했고 주말 어스름이 질 무렵에 오면 밥 대신 빵 먹고 술 대신 커피를 마셨다. 한동안 우리는 그렇게 이곳을 즐겼다.

시간이 흐르면서 나는 〈어니언〉 창업자의 철학이나 생각이 새롭고 혁신적이라는 인상을 받았다. 어느 순간, 내가 좋아하는 스타일이 음악이 들렸고 소셜 미디어를 통해 커피 기업으로

서 커피에 대한 진지함이 전달되고 있었다. 무엇보다, 빵의 퀄리티와 가짓수가 일정 수준을 유지했다. 샌드위치와 초콜릿 음료도 아주 맛있었고 라떼 또한 수준 이상이었다.

그 사이, 〈어니언〉의 다이내믹한 카페 좌석 중에서 내가 좋아하는 위치도 생겼다. 메인 구역 지나 반대편 건물 가장 뒤쪽으로 가면 벽 전체가 창문인 거대한 소파가 있는데, 그쪽 창가 자리가 나의 페이보릿. 그곳에 앉아 커피 한 잔을 마시며 창문을 내다보면서 아무 생각 없이 무념무상에 빠지는 것이 좋았다. 그럴 때면 노트북이나 스마트폰 대신 책을 보거나 노트와 펜을 꺼내 뭔가를 적어야 할 것 같다. 우울한 상념에 빠지려는 것이 아니라 혼자만의 충족한 시간을 보내고 싶은 마음이다. 비록 밀려드는 손님과 치솟는 인기로 인해 그럴 기회는 점점 줄어들고 있지만, 어쩌다 운 좋은 날이면 나만의 스폿에서 여유 있는 커피 한 잔이 가능하니, 뭐 그만하면 되었다.

°*tips*

1. 혼자만의 조용한 시간을 보내고 싶다면 가급적 주말은 피하는 것이 좋고 평일 문 여는 시각에 맞춰 도착하는 것이 가장 안전한 방법이다.
2. 가끔, <어니언>의 창작 음료가 커피보다 더 맛있다고 생각할 만큼 독특한 메뉴가 있다.

°서울 성동구 아차산로9길 8 °월~금요일 08:00-22:00 / 토~일요일 09:00-22:00
°@cafe.onion

도넛 신드롬

올드페리도넛 OLD FERRY DONUT

밀가루에 달걀과 우유를 넣고 반죽하여 숙성한 다음 기름에 튀기는 도넛. 다양한 맛을 가진 도넛이면 더 많은 재료가 들어가겠지만 결국 기름에 튀긴다는 원칙은 변함이 없다. 물론, 그것마저 도넛 가게마다 정해진 방식이 있고, 필링 제조나 설탕 코팅의 비율도 각기 다를 것이다. 그럼에도 어쨌거나 도넛은 남녀노소 모두가 좋아하는 간식임에 틀림없고 언제나 맛있으며 커피와 함께 먹으면 더 맛있다는 사실.

경리단길 언덕배기에 있던 〈올드페리도넛〉 오픈 초반부터 단골이라 자부하는 나는 아직 이곳의 맛과 커피 퀄리티를 능가하는 도넛 가게를 만나지 못했다. 그렇다고 내 목표가 이곳보다 더 맛있는 가게를 찾는 것은 아니다. 그저 도넛 트렌드에 힘입어 커피와 도넛을 서비스하는 카페들이 여기저기 늘어나고 있음에 흐뭇할 뿐. 반가운 소식은 〈올드페리도넛〉 지점의 기하

급수적인 증가 추세다. 불과 1~2년 전만 해도 한남동으로만 가야 했지만 지금은 홍대, 신사동, 수원, 인천, 정자동, 용산, 서울역, 명일동 등 서울 전역과 경기도권으로 확대되었다. 중심 상권 곳곳에 있어 내가 있는 장소를 기준으로 가장 가까운 곳으로 가면 된다.

심지어 미국 LA로도 진출했을 뿐만 아니라 얼마 전에는 온라인 쇼핑몰을 론칭했다. 비록 냉동되어 오긴 해도 번거롭게 이동하거나 줄 서서 기다릴 필요가 없어진 것이다. 한남동으로 이사했을 때부터 확 달라진 〈올드페리도넛〉의 숨은 진면목을 나만 알아본 것이 아니었다. 이토록 엄청난 수요층을 만들어냈다는 건 그만큼 브랜딩과 홍보, 마케팅을 치밀하게 잘 수행했고 맛과 서비스에서도 세심한 노력을 기울였다는 말일 테니까. 무엇보다, 도넛만큼 준수한 커피 퀄리티도 중요한 성공의 포인트로 작용했다.

도넛 이즈 에브리웨어

지난 겨울, 미국 버지니아 햄프턴을 여행한 적이 있다. 그 동네에서 가장 인기 있는 디저트 숍은 다름 아닌 도넛 가게 〈글레이즈드 도넛Glazed Doughnut〉. 〈크리스피크림〉과 〈던킨 도넛〉을 합쳐놓은 듯한 달콤한 도넛들이 12시가 지나면 솔드아웃되었다. 도넛들은 매우 달았고 아메리카노와 먹을 때 완벽했다. 오래전, 샌프란시스코 여행에서 찾은 도넛 가게도 꽤 인상적이었

는데 튀기지 않고 오븐에 구운 도넛을 팔고 있었다. 버터와 설탕, 유지방을 넣지 않은 도넛으로 생각보다 너무 맛있어서 깜짝 놀랐다. 카페 뒷문에는 누군가의 집 뒷마당 같은 공간에 울창한 나무들이 빼곡했다.

바야흐로 K-식문화에 대한 관심과 인기가 높아짐에 따라 〈올드페리도넛〉은 이미 한국을 찾은 외국인들의 인기 도넛 가게가 되고 있다. 내가 미국에서 최고의 도넛 카페를 찾아다닌 것처럼 해외 관광객들도 K-도넛을 찾고 있는 것이다. 미국인 친구조차 이곳의 도넛을 인정하는 모습을 볼 때마다 뿌듯할 정도. 이런 현실이 아이러니하면서도 기분 좋은 일임은 분명하다. 〈올드페리도넛〉, 정말 대단해!

°*tips*

1. 〈올드페리도넛〉 정자점은 테이블이 2개밖에 없는 테이크아웃 매장이다.
2. 한 입 크기의 도넛 위에 다양한 토핑을 올린 새로운 '고메도넛' 라인을 출시했다. 한국을 대표하는 민화가 그려져 있어 외국 친구를 위한 좋은 선물이 될 것 같다.

° 서울 용산구 한남대로27길 66 2층 ° 매일 11:00-21:00 ° @oldferrydonut

4

명확한 차별화의

모범 사례

서울숲역 포틀랜드
포틀러 POTLER

꿈의 여행지로 미국을 손꼽지는 않지만 미국 친구들이 여럿 있는 덕분에 몇몇 도시를 방문한 적이 있다. 샌프란시스코 다음으로 좋았던 포틀랜드Portland는 대략 16년 전 호주에 있었을 때 방학을 이용해 처음 가보았다. 일정의 대부분은 친구 집이 있던 유진Eugene에 머물렀다. 한적한 주택가에서 살던 친구는 주말이면 나를 포틀랜드로 데려가곤 했다. 우리는 뚜렷한 목적지 없이 옷가게와 레코드숍, 식당, 카페 등을 발길 닿는 대로 돌아다녔다.

포틀랜드의 거리와 골목은 비교적 깨끗했다. 사람들은 자유로운 히피 성향과 말쑥한 화이트컬러 스타일을 적절히 뒤섞은 듯 보였다. 친구의 친구들은 상냥하고 친절했으며 대화하기 편했다. 붉은 벽돌 건물과 간판은 거대했고 주말이었음에도 한낮의 여유가 넘쳤다. 친구는 포틀랜드가 살기 좋은 도시라며, 언젠가 이곳 다운타운으로 이사 오고 싶다고 말했다. 그날의 하늘은 맑았고 커피는 훌륭했다. 내가 알던 복잡하고 정신없는 미국이 아닌 균형 잡힌 소음과 에너지가 흘렀다.

스모어의 반전 매력

성수동이 유명해진 이유 중 하나로 나는 서울숲의 영향이 크다고 생각한다. 우거진 나무로 둘러싸인 숲 체험을 할 수 있는 이곳이 없었다면 성수와 뚝섬 일대는 오래된 공장 지대가 새로운 카페 천국으로 변모한 무미건조한 전이공간(轉移空間)에 불과했을 것이다. 그런 의미에서 서울숲 인근의 공간들은 자연이라는 카테고리와 유난히 친숙하게 느껴진다. 식당이나 카페의 정체성도 인위적이기보다 유연하면서 포근한 곳들이 많다. 카페 〈포틀러〉 역시 그런 바이브를 지녔다.

〈포틀러〉는 도심 속 휴식처이자 문화행사장의 역할을 톡톡히 해내고 있는 코사이어티cociety가 운영하고 있다. 이곳은 혼잡한 도로에서 불과 10미터 정도 안으로 걸어가면 등장하는 멋진 공간으로, 상황에 따라 용도 변경이 다채롭다. 그리고 바로 그 옆, 포틀랜드의 자연과 예술, 독특한 식문화로부터 영감을 받았다는 〈포틀러〉가 이웃해 있다.

투박한 포틀랜드의 스모어s'more를 연구하여 이곳만의 방식으로 선보이는데, 그 맛과 퍼포먼스가 매우 유쾌하다. 더군다나, 마시멜로에 대한 나의 선입견을 단호히 깨뜨려주었으니 고

맙다 해야 할까? 젤라틴의 쫀득거리는 식감을 별로 마뜩해하지 않는 내가 아몬드 크래커와 초콜릿, 토치로 노릇노릇하게 구운 마시멜로 샌드위치인 오리지널 스모어를 먹고 완전히 반해버린 것이다. 게다가, 스페셜티 커피로 제조하는 브륄레 라떼 위의 마시멜로는 신의 한 수였다. 순간, 인파로 가득한 서울숲 번화가에서 잠시 떨어져 기분을 환기하고 친구나 연인, 가족과 따뜻한 경험을 누리기 위한 장소와 메뉴로 이보다 흥미롭기는 힘들 듯 싶었다. 내게는 포틀랜드의 추억마저 소환해주니, 흐뭇하면서도 달콤한 공간이구나.

선선한 가을이 되면 카페 앞마당에 모닥불을 피워 마시멜로를 직접 구울 수 있는 도구와 기물을 마련한다고 한다. 그렇다면 조만간, 친구들을 불러 간단히 저녁을 먹은 다음 〈포틀러〉에서 정겨운 시간을 보낼 수 있을 것 같다. 하이볼이나 화이트 포트 와인 한 잔에 스모어 클래식을 곁들여 아련한 기억 저편의 포틀랜드 여행 이야기나 하면서 말이다.

°tips

1. 〈포틀러〉에서 자체 개발한 마시멜로는 다른 곳에 비해 많이 달지 않고 칼로리도 낮다.
2. 메뉴는 더 늘어날 예정이며 옆 건물 뒤쪽의 작은 정원까지 앉을 자리가 확장된다고 한다.
3. 종류별 마시멜로와 스모어 키트, 피크닉 세트 등 선물하기 좋은 아이템이 있다.

°서울 성동구 왕십리로 82-20 A동   °화~일요일 12:00-20:00 / 월요일 휴무
°@potler_seoul

다정하고 사려 깊은

루아르 RUAR

　망원동에 좋아하는 장소들이 몇 군데 있어서 그곳에 들를 때마다 〈루아르〉를 슬쩍슬쩍 보곤 했다. 인근인 합정에도 지점이 있지만 망원점은 2층의 공간에서 노트북 작업을 할 수 있기 때문에 프리 워커인 내게 선물 같은 장소로 보였다.

　사실 망원동은 홍대나 합정보다 자주 가는 동네로 편애하는 디저트 카페와 로스터리 카페가 있으며 알고 지내는 베이커의 베이커리가 있는 데다 활기 넘치는 망원시장에서 과일이나 채소까지 살 수 있는 다목적 이유가 있다. 하루에 평소 가고 싶던 열 곳을 여기저기 가는 것보다 좋아하는 서너 곳을 가고 싶을 때 망원동은 이처럼 모든 조건을 충족해준다.

　나는 내가 정한 기준에 부합하지 않으면 남들이 아무리 칭찬해도 들여다보지 않는다. 사진만 봐도 대략 파악할 수 있는 디저트 카페나 베이커리 카페가 대체로 그런 경우. 반면, 커피는

맛을 보기 전까지는 섣불리 말하기 어렵다. 그렇다고 모든 곳을 다 가볼 수는 없기에 일단 사진으로 보여지는 전체적인 분위기가 나를 얼마큼 매혹하는지를 보고, 여러 리뷰의 포인트가 무엇인지도 살펴본 다음 결정한다. 문제는 점점 궁금한 카페들이 늘어만 간다는 사실. 그 즐비한 카페들 사이에서 〈루아르〉가 눈에 띄었다.

이곳은 망원동 소재라는 조건 말고도 커피 이미지, 외부, 내부의 인테리어와 같은 외적인 요소와 더불어 차별화된 하나가 있었다. 바로, 소셜 미디어에 올린 카페 오너의 글이었다. 주로 사진이나 짧은 영상으로 카페의 이미지나 바이브를 전달하는 여느 카페 오너와 달리 〈루아르〉는 오너의 소박한 문체로 일기와 에세이를 뒤섞은 듯한 문장으로 카페를 알리고 있었다. 분위기 있고 예쁜 사진만이 아니라 평범한 이미지도 자주 업데이트되었다. 카페나 커피가 궁금한 것이 아니라 〈루아르〉 대표는 과연 어떤 캐릭터인지가 더 궁금해지기 시작했다.

뜻밖의 수확

마침내 〈루아르〉 망원점을 처음으로 방문하게 됐다. 오래 알고 지낸 베이커리에 들러 빵을 사고 디저트 카페에서 라떼와 갈레트 브루통 하나를 먹고 나오는 길이었다. 심지어 동네보다 저렴한 브로콜리 가격을 보고는 덥석 구매하고는 기뻐했다. 가방과 뱃속이 든든한 채로 들어간 〈루아르〉에는 한낮의 뜨거운 햇살이 다소 약하게 투과되고 있었다. 통창으로 둘러싸인 1층에서 주문을 한 뒤 2층에 자리를 잡은 나는 그제서야 땀을 훔치며 주위를 둘러봤다. 1층과 확실히 분리된 2층 역시 사방이 유리였다.

나는 최대한 창문과 멀리 떨어진 곳에 자리를 잡았다. 군더더기 없는 깔끔한 테이블과 의자. 그루브 넘치는 음악과 과하지 않은 장식. 노트북으로 작업하는 이들과 대화를 나누는 친구들 사이에서 〈루아르〉의 시간은 천천히 흐르고 있었다. 특히, 책장을 찢어 만든 커피 받침대를 보며 카페와 자신의 일상을 구구절절 전하고 있는 오너의 취향이 그대로 드러나는 듯 보였다.

나는 잠시 하던 일을 멈추고 종이 낱장을 읽었다. 앞과 뒤를 알 수도 없고 맥락 없는 단어와 문장의 나열이었건만, 왠지 그동안 독서에 소홀했다는 반성이 듦과 동시에 어떤 책인지 묻고 싶었다. 커피의 맛은 준수했다. 이렇게, 〈루아르〉와의 첫 만남은 나름 성공적이었달까? 묵직한 장바구니 말고도 왠지 모를 마음의 무게가 한결 가벼워졌다.

*〈루아르〉 강병석 대표 인터뷰는 p231~237에서 만나볼 수 있다.

°*tips*
1. 종이 코스터의 출처가 궁금하다면 카운터 앞에 있는 책을 확인한다.
2. 다섯 잔을 마시면 한 잔이 무료인 쿠폰이 있다. 반드시 챙길 것!

°서울 마포구 월드컵로11길 7 °매일 10:00-22:00 °@ruar_coffeebar

연남동 오두막
맥코이 McCOY'S

　연남동 근처를 어슬렁거리다 보면 정말 다양한 종류의 카페들이 즐비하다. 치열한 경쟁 속에서 오랫동안 자리를 지켰다면 그것만으로 대견한 일. 〈맥코이〉가 바로 그런 곳이다. 연남동 이외에도 강남, 한남동, 성수 같은 카페 격전지에서도 선방하고 있다. 무엇이 이곳을 지속 가능하게 하는 걸까? 이전만큼 홍대, 연남, 연희동을 자주 가지는 않지만 갈 때마다 사람들로 만석이라 어쩔 수 없이 포기했거나 이런저런 이유로 잊고 지냈다.

　그렇게 수년을 보낸 뒤, 나는 문득 겨울의 끝자락에서 연남동에 있는 〈맥코이〉로 향했다. 근처 디저트 숍을 두리번거리다 찾지 못했고 추운 날씨 탓인지 거리는 비교적 한산했기에 왠지 이번에는 그곳에 자리가 있을 거란 확신이 들었다. 그리고 마침내, 문을 열고 들어간 순간, 다행히 입구에서 가까운 테이블 두 개가 비어 있었다. 가장 작은 테이블에 착석한 뒤, 차가운 몸을 데워줄 라떼를 주문했다.

커피 대신 엄마 생각

다른 지점은 솔직히 가보지 않아 잘 모르겠지만 연남점 〈맥코이〉는 어느 외딴 산골짜기 아늑한 산장 혹은 오두막에 방문한 느낌이었다. 인테리어가 전반적으로 짙은 톤의 나무였고 오렌지 조명이 어스름했기 때문이리라. 흐르는 음악 또한 재즈였다. 커피 대신 진한 포도주나 싱글 몰트 위스키 한 잔이 생각나는 분위기였다. 결국, 나는 묵직한 노트북 대신 작은 책을 꺼내 들고는 창밖을 수시로 바라보았다.

내 옆의 큰 테이블에는 엄마와 딸로 보이는 모녀가 추위를 피해 들어와 앉았다. 정다워 보이는 두 사람이 도란도란 이야기꽃을 피우며 연신 웃었다. 딸은 엄마와의 데이트를 위해 연차를 낸 모양이었다. 일과 친구, 가족과 여행에 대한 그들의 대화를 본의 아니게 듣고 있으니 갑자기 엄마 생각이 났다. 70대 노모인 엄마의 건강만 허락된다면 나도 엄마에게 함께 오자고 했을 것이다.

엄마도 커피를 참 좋아한다. 실은, 내가 좋아하도록 만들었다고 해도 과언이 아니다. 달달한 인스턴트 커피만 마시던 부모님에게 어느 날, 드리퍼와 원두, 원두 분쇄기, 필터까지 사드린 것이다. 명색이 커피 매거진에 다니는 딸이 있는데 두 분을 그렇게 둘 수가 없었다. 다행히, 필터 커피에 대한 호기심을 갖고 있었던 부모님은 괜찮다, 사지 마라 하셨지만 완강히 거부

하지는 않으셨다. 그 이후, 부모님은 인스턴트 커피를 거의 마시지 않는다. 특히, 아빠보다 엄마가 적극적으로 향긋한 원두에서 내린 커피 향을 좋아하신다. 가끔 아빠 없이 엄마와 카페 데이트를 즐기는 것 또한 일상의 재미가 되었다.

라떼를 거의 다 마셨다. 우유 거품만 덩그러니 남아 차가워진 잔에는 커피 찌꺼기가 조금 남아 있었다. 동네 오두막 같은 이곳에 오는 대부분의 사람들은 혼자였고, 그들은 커피와 함께 스마트폰만 보다가 가버렸다. 테이크아웃으로 가져가는 이들도 많았는데, 서로가 서로를 알아보는 사이처럼 보였다. 마치, 일상다반사 중 하나의 에피소드처럼 느껴졌다. 〈맥코이〉는 그렇게 동네의 자연스러운 구성원으로 지속되고 있었다.

°*tips*

1. <맥코이>는 커피 메뉴 이외에도 알코올 메뉴가 있다.

2. 이곳의 티라미수는 정말 맛있다.

°서울 마포구 성미산로147　°매일 09:00-21:00　°@mccoys_coffee

비 오는 날이면

이페메라 EPHEMERA

비가 오면 생각나는 파전과 막걸리의 조합만큼이나 〈이페메라〉의 커피와 케이크도 꽤 괜찮은 페어링이다. 어떤 우연의 일치인지는 모르겠으나 이곳에 가기로 한 날의 대부분은 구름이 잔뜩 몰려 흐리거나 비가 오는 날씨였다. 한번은 우산을 두고 오는 바람에 다시 돌아가 가져오기도 했고, 지금 이 글을 쓰는 순간에도 비가 오고 있다. 덕분에 카페는 조용하고 이 넓은 공간을 혼자 빌린 사람처럼 여유롭다. 무엇보다 눅눅한 습기를 피해 선선한 실내에 있으니 '우천 시 비를 피하는 임시 대피소' 같은 느낌이다.

이처럼, 비와 인연이 깊은 〈이페메라〉는 성수동에 LCDC가 완공되고 건물 안에 흥미로운 숍들이 입점한다는 소식을 접하면서 알게 되었다. 나의 기본 성향이 궁금함을 참지 못하고 친(親)카페 그룹이긴 해도 처음 카페 이름을 들었을 때 그 의미를 쉽사리 짐작할 수 없어 호기심이 더욱 컸다. 검색해보니, '이페메라'는 '일상의 사소하고도 일시적인 문서'라고 한다. 고대 그리스어인 'ephēmeros'에서 유래했으며 '단 하루만 지속되는' 이란 어원에서 비롯되었다. 소셜 미디어에 소개된 카페 〈이페메라〉를 보면 하루의 소소한 시간과 기억의 조각이 모여 인생이 되는 것처럼, 이곳을 방문하는 사람들에게 평범하지만 소중한 하루의 일부를 선사하고 싶다고 적혀 있다.

하루의 일부

〈이페메라〉의 첫인상은 공기의 쾌적함과 탁 트인 개방감, 그리고 정돈된 이미지가 돋보이는 구조와 인테리어였다. 라떼와 타르트를 주문해 먹으면서 기대 이상으로 만족스러웠기에, '아, 드디어 성수동에 오래 머물러도 편안하고 맛있는 디저트와 커피를 즐길 수 있는 카페를 찾았구나' 싶었다. 사실, 개인적으로는 어떤 형태의 카페이든지 1인 혹은 소규모 구성원들의 열정이 100% 담긴 장소를 더 사랑하고 응원하는 편이지만, 종종 오너 바리스타, 오너 파티시에, 오너 베이커가 직접 운영하지 않더라도 퀄리티를 최우선으로 하는 기업형 카페의 훌륭한 서비스와 맛을 많이 경험한 덕분에 언제나 예외를 두고 있다.

〈이페메라〉가 그런 경우로 굿즈를 판매하는 편집숍까지 겸하고 있고 음악 감상까지 가능한 매력적인 곳이다. 또한, 아기자기한 오브제와 옷을 파는 상점까지 모두 한 건물에 있기 때문에 비나 눈이 쏟아져도 구경할 곳이 있어 결코 지루하지 않

은 일상의 조각을 만들 수 있다.

특히, 예사롭지 않은 인쇄물들을 수십 개의 액자에 넣어 전시한 벽면은 나를 항상 들뜨게 한다. 종이로 만든 모든 것에 관심이 있는 나는 액자 안 브로슈어의 내지, 간행물의 표지, 우표와 편지지, 편지봉투, 악보, 스티커, 엽서와 포스터, 노란 봉투, 선물 패키지 등을 보며 과거를 회상하고 앞으로 무엇을 하면 좋을지도 고민해본다. 편집 사무실에서나 볼 수 있는 패턴과 디자인으로 모두 내가 좋아하는 요소들이다. 노트북을 꺼내어 작업할 수 있는 자리도 있으니 더 이상 바랄 것이 없다.

어느새, 비가 그쳤다.

°*tips*

1. 매주 수요일 오후 8시, LCDC 야외 중정에서 음악 라이브가 펼쳐질 때마다 <이페메라>의 영업 시간은 한 시간 늘어난 오후 9시까지다.
2. 밖으로 나가지 않아도 카페 한가운데에 있는 계단을 통해 위층의 숍들을 둘러볼 수 있다.

°서울 성동구 연무장17길 10 LCDC SEOUL A동 °매일 11:00-20:00 °@ephemera.seoul

5

다른 나라,

색다른 커피

서리 힐즈의 커피 언덕

루벤 힐즈 REUBEN HILLS

공교롭게도 멜버른에서 지내는 동안 나는 시드니에 한 번도 간 적이 없었다. 그땐 멜버른 생활만으로 벅찼고, 여유가 있어도 관광객들로 복잡한 대도시 대신 한적하고 조용한 곳으로 가길 원했다. 멜버른이 나름 호주 제2의 관광 대도시인데 굳이 시드니의 화려함에 휩싸이거나 군중의 무리가 된다 한들 무슨 특별함이 있을까 싶었다. 반면, 시드니에서 놀다 온 친구들은 이구동성 그곳을 칭찬했다. 멜버른과 전혀 다른 개성을 가졌으며, 심지어 날씨가 멜버른과 달리 변덕스럽지 않다고 했다. 사람이 아무리 많이 찾는 관광 도시라 해도 시내 곳곳에 쉴 곳이 충분하고 바다와 서핑을 좋아한다면 시드니에 꼭 가야 한다며 나를 종용했다. 당시 나는 아마도, 생활비를 아껴야 하고 수영도 못한다는 구차한 변명을 늘어놓은 듯하다.

그렇게 멜버른에서만 6년 가까운 세월을 보내고 한국으로 돌아왔다. 하지만, 영주권을 준비했을 정도로 멜버른을 몹시

좋아했던 나는 해마다 그곳으로 날아갔다. 보고 싶은 친구도 보고 가고 싶은 곳을 가며 추억을 곱씹었다. 그러던 어느 날, 친구가 시드니에 새 직장을 얻었다며 조만간 이사할 거라는 연락이 왔다. 아, 이제서야 시드니에 갈 기회가 생기는 건가. 기대와 흥분이 살짝 밀려왔다. 한국에 살고 있으니 어디를 가더라도 행복할 것 같았다. 마침내 2018년, 나는 일을 핑계 삼아 5년 만에 시드니에 살고 있는 친구를 만나게 되었다. 그리고 그곳에서 내 인생 최고의 여행을 했다.

시드니 카페 투어

겨울에 떠났으니 시드니는 뜨거운 태양이 작렬하는 한여름이었다. 한낮 기온이 40도 이상을 넘나들며 그늘과 실내에만 있는 것이 상책이었다. 그러나 어찌 그럴 수 있으리. 나는 매일매일 시드니의 아름다운 해변가로 달려가 모래사장에서 몸을 노릇노릇하게 구웠다. 배고프면 해변가 아이스크림 트럭에서 더블 싱글 젤라토를 먹었고, 해변가를 벗어나면 시드니의 숨겨진 맛집과 카페를 찾아다녔다.

언젠가 호주 시드니의 카페와 식당에 대한 글을 쓰겠다는 욕심으로 참 열심히 돌아다녔다. 그중에서 가장 마음에 들었던 커피숍이 바로 〈루벤 힐즈〉였다. 시드니 관광정보 플랫폼인 브로드시트BROADSHEET에서 발견한 이곳은 서리 힐즈surry hills에 있었고, '파라마운트 커피 프로젝트Paramount Coffee Project'인 〈PCP〉

를 공동 운영하고 있었다. 이미 〈PCP〉에서 여러 번 식사하며 그곳의 분위기는 물론 브런치 메뉴와 커피를 매우 좋아했던 터라 반가운 이름이었다.

〈루벤 힐즈〉의 첫인상은 대략 이렇다. 차고를 개조한 공간이 있었고 작은 테이블에 앉아 시간을 보내고 있는 사람들이 있었다. 한국에서 보지 못한 새로운 타입의 텀블러와 동양인 바리스타의 빠른 손놀림, 백인 크루의 서빙과 한낮의 햇살도 어렴풋이 떠오른다. 나는 뜨거운 플랫 화이트 한 잔을 주문했고 디저트는 먹지 않았다.

시드니 여행 중 굉장히 만족스러운 커피 한 잔을 마신 것으로 기억한다. 카페의 모든 것이 마음에 들었고 한국에서 보지 못한 텀블러 디자인도 꽤 오랫동안 머리에 각인되었다. 그 이후로 나는 〈루벤 힐즈〉를 팔로워하며 시드니를 그리워했다. 원래 계획은 작년에 시드니를 가는 것이었다. 불행히, 올해도 어려워 보이지만 할 수 없다. 내년을 기약하는 수밖에.

*<루벤 힐즈> 제이 류 총괄매니저 인터뷰는 p239~245에서 만나볼 수 있다.

°*tips*

1. 카페에서 간단한 식사를 할 수 있다.

2. <루벤 힐즈>는 <PCP> 이외에도 달링허스트에 <A.P Bakery>도 운영 중이다.

°61 Albion Street, Surry Hills, Sydney, Australia
°Mon~Fri 7am-3:30pm / Weekends 7:30am-3:30pm °@reubenhills

친밀한 로컬리즘을 기대하며
버치커피 BIRCH COFFEE

온갖 형태의 카페들이 밀집된 성수동은 내게는 호사스럽고 유행에 민감한 백화점이나 다름없다. 덕분에, 이 동네는 윈도 쇼핑만으로도 충분히 재미있다.

집에서 뚜벅뚜벅 걸어가기를 선호하기에 그날도 성수동으로 가는 가장 빠른 길을 선택해 가고 있었다. 지하철역이나 버스정류장이 인접해 있지 않은 골목으로만 안내되어 있는 탓에 비교적 한산한 동네 분위기가 느껴졌다. 가끔 텅 비어 있는 건물이나 몇 년째 공사 중인 건물이 아직도 그대로인 걸 발견하면 음산한 기운마저 감돌았다. 주요 상권에 속하지 않은 구역이니 이곳의 가게라면 어떤 수를 써서라도 찾아오도록 만들어야 하는 부단한 홍보와 퀄리티가 필요해 보였다.

그렇게 이런저런 생각을 하며 걷고 있는데, 검정 바탕의 로고 이미지와 돌멩이들이 깔린 마당 있는 카페 하나가 정면으로 보였다. 〈버치커피〉를 의미하는 하얀색 자작나무를 강조하기 위해 의도적으로 검정 페인트칠을 했나 싶었다. 쌀쌀한 바람이 잔뜩 부는 날이어서인지 외관은 쓸쓸하고 적막해 보였다. 창문도 굳게 닫혀 있었고 입구가 바로 보이지 않는 구조라 영업하는지조차 의심스러웠지만, 문 닫은 것 치고는 말끔한 외관과 벤치들이 정갈히 놓여 있었다. 약속 시간에 딱 맞춰 나온 관계로 확인은 뒤로 미루고 그냥 지나치기로 했다.

뉴욕에서 왔다고?

〈버치커피〉에 대한 정보를 찾아보았다. 뜻밖에도 미국 뉴욕 기반의 커피 브랜드로 성수동에 오픈했고 어느새 1년이 지난 시점이었다. 이 골목의 카페들을 철저히 외면한 것인지 인터넷 알고리즘을 그냥 지나친 것인지 몰라도 인제야 발견한 것이 새삼 놀라웠던 건 아마도 〈인텔리젠시아〉나 〈블루보틀〉의 요란한 개업 소식과는 너무 다른 분위기였기 때문이었다.

일반적으로 외국의 커피 브랜드가 들어오면 어느 정도는 들썩거리기 마련인데 〈버치커피〉는 로고인 자작나무 숲처럼 조용했으니까. 다행히 이곳의 다정함과 진정성이 서서히 빛을 내는 듯 보인다. 주말 오전, 외국인 관광객들이 찾아오는 것을 여러 번 보았고 한적한 성수동 골목의 맛있는 카페 리스트에서 〈버치커피〉는 빠지지 않고 있다.

나는 그동안 이곳에서 라떼를 비롯해 에스프레소, 카푸치노를 번갈아 마셨다. 맛은 말할 필요 없이 좋았고, 커피를 내어 받기 전까지 오너 바리스타와 대화할 수 있는 점은 더 좋았다. 성수동만이 아니라 어느 동네 어떤 카페를 가도 바리스타와 이런저런 이야기를 나눌 기회는 거의 없는 터라 신선한 경험이었다. 사실, 한국에서 손님과 바리스타의 관계는 철저한 비즈니스여서 손님은 주문한 다음 자리로 돌아와 기다리고 바리스타는 서둘러 커피를 만들어 내놓기가 바쁘다. 친근한 대화 대신 건조한 주문 확인만 있을 뿐이다.

아무튼, 나는 〈버치커피〉의 개방적인 태도와 남을 위한 배려, 다정함, 그리고 무엇보다 모든 것에 신뢰할 수 있는 믿음을 확인한 뒤 마침내 성수동에 단골 카페 하나가 생긴 것 같아 기뻐했다. 부디 오래 남아주기를.

*<버치커피> 제이슨 라 대표 인터뷰는 p247~253에서 만나볼 수 있다.

°tips

1. <버치커피>는 1층과 야외 벤치 외에도 2층에 더 많은 자리가 있다.
2. 책을 빌려 갈 수 있고 안 보는 책은 기증할 수 있다.
3. 이곳의 굿즈는 미국에서 판매하는 굿즈와 동일하다.

°서울 성동구 성수이로16길 27 °화~일요일 09:00-20:00 / 월요일 휴무
°@birchcoffeekorea

커피라는 콘텐츠

뷰클런즈 BJÖRKLUNDS

주문하고 나니 스태프 한 명이 카운터 옆에 있는 박스 안에서 카드 한 장을 고르라고 한다. 무슨 이벤트 선물을 주는 줄 알고 눈을 꼭 감고 휘저어 한 장을 뽑으니, 〈뷰클런즈〉가 선정한 책들 속 문구가 적힌 명함 크기의 북 카드였다. 100가지의 문장 중에서 내가 뽑은 헤르만 헤세의 글은 이랬다.

"세속적 욕망과 감각적 쾌락 더러운 일을 멀리하고 철학과 기도만 하면서 규범을 따르며 사는 삶이 진정 더 나은 삶이라 할 수 있을까? 더 잘 사는 사람, 더 나은 사람은 세상에 없다. 우리 모두 각자의 상황들이 있고 각자의 삶을 살고 있을 뿐이다. 그러니 지금의 삶을 자책할 필요는 없다."

끝을 알 수 없는 절망 앞에 선 내게 하늘이 보낸 '운명적인' 메시지였을까? 아니면 그 어떤 카드를 뽑았어도 내 마음을 꿰뚫는 명언이라 여기며 가슴이 철렁거렸을까? 나는 그저 자책할 필요 없다는 말에 시종일관 자책하고 있는 자신을 발견했고, 그냥 커피 한 잔 마시며 일 좀 하러 온 것뿐인데 천천히 카페를 둘러보고 있었다.

커다란 2층 양옥집은 분명 카페이면서 도서관이었고 작은 전시장이기도 했다. 과거 누군가의 방이었을 법한 공간은 독립된 테이블과 의자 대신 둘러앉아 대화해야 하는 카우치 형태로 디자인되어 있었다. 마당에는 캠핑 의자가 여러 개 있어 빛나는 햇살과 바깥 공기를 맡고 싶다면 그곳으로 가면 되었다.

나는 새소리가 들리는 2층의 바 테이블에 앉았다. 노트북이나 태블릿 PC를 가져온 사람들이 작업할 수 있도록 배려된 자리였다. 주문한 아메리카노와 초코 티라미수 케이크의 조합은 새콤달콤했다. 균형 잡힌 신맛과 고소함이 묻어난 맛이었고, 더운 날씨 탓인지 케이크는 금세 흐늘거렸지만 매우 부드러웠다. 휴식의 에너지원으로 더할 나위 없는 선택이었다.

결국, 추억의 콘텐츠

2004년, 나는 스웨덴에 사는 친구네를 방문한 적이 있다. 룬드Lund라는 동네에서 한 달을 지내며 카페나 레스토랑보다는 마트에서 재료를 사다 요리해 먹었고, 친구가 내린 커피를 마셨다. 있는 내내 추웠지만 자전거를 타는 날만큼은 포근했다.

북유럽의 눈부신 햇살, 졸졸 흐르는 개울가와 자전거와 버스

정류장, 유쾌하게 웃던 아이들, 저녁마다 산책하며 본 멋진 집들이 아직도 가끔 떠오른다. 이렇듯, 아련하고 아름다운 스웨덴에서의 추억 한 장을 가진 나에게 스웨덴 베스테로스에서 우연히, 운명적으로 만난 카페와 그곳의 오너, 그리고 그와의 인연을 계기로 〈뷰클런즈〉를 한국에 오픈하게 되었다는 브랜드 스토리는 나의 기억을 자극했다.

솔직히 처음에는 〈뷰클런즈〉의 콘셉트나 슬로건이 크게 와닿지 않았다. 그러나, 알면 알수록 이곳은 그저 쉬어 가라는 카페가 아님을 깨닫게 되었다. 어떻게 쉴 것인지, 어떻게 하면 쉴 수 있는지 등의 구체적인 물음에 대한 방법을 보여주는 점이 다른 마음 힐링 카페와 사뭇 달랐다. 내 마음이 힘들 때 누군가의 관심이 필요한 이곳은 정신적 위안과 커피를 함께 '구매'할 수 있는 카페이자 안식처라는 생각이 문득 들기도 했다.

*<뷰클런즈> 윤소정 디렉터 인터뷰는 p255~261에서 만날 수 있다.

°tips
1. 2층으로 올라가는 계단이 다소 가파르기 때문에 조심해야 한다.
2. 노트북 작업이나 독서할 수 있는 작은 공간은 2층에 마련돼 있다.

°서울 송파구 백제고분로43길 10 °매일 12:00-22:00 °@swedencoffee_bjorklunds

주연급 조연

mtl more than less

의외로 마음에 드는 식당 찾기가 쉽지 않은 이태원, 한남동 일대. 이 동네가 아니라면 다른 곳에서는 기대할 수 없는 퀄리티를 가진 곳들도 분명 있지만, 관광특구로서 트렌드에 너무 치중해 있거나 가격에 비해 기대 이하인 곳들이 적지 않은 것 또한 사실이다.

다행히, 카페의 경우 상대적으로 이런 관점에서 조금은 벗어나 있다. 가격은 다소 높지만 어느 곳을 가더라도 기본 이상의 커피 서비스와 디저트를 만날 수 있다. 이렇게 말할 수 있는 가장 큰 이유는 우선 웬만한 실력을 갖춘 카페가 아니라면 이 동네에 들어올 수 없는 인프라가 이미 형성되어 있기 때문이다. 기존 카페의 기준점이 이미 높아져 있는 데다 커피 퀄리티 이외의 다른 여러 요소들이 적재돼 있다. 자본의 힘을 빌려 드넓은 공간, 압도적인 인테리어 감각으로 대결하거나 이미 타지에서 검증된 커피 브랜드가 새로 오픈하는 식이 대부분인 것. 이

외의 경우라면, 규모는 작아도 알차게 운영할 수 있는 재력과 전투력을 갖춘 곳이거나 사람들이 가고 싶은 콘텐츠를 만들어 홍보하는 실력과 재능을 갖춘 집단일 가능성이 높다.

〈모어댄레스〉로 잘 알려진 〈mtl〉은 마지막에 해당하는 복합적인 캐릭터. 카페가 차지하는 비율보다 전시된 물건들이 훨씬 더 다양하다. 보난자커피라는 기본적인 유명세 외에도 이곳에는 디제이의 음악이 있고 사고 싶은 패션&인테리어 소품이 있으며 오래 머무르고 싶은 편안한 공간이 있다. 뿐만 아니라 불과 20미터 근방에 한남동 터줏대감이자 베이커리 업계의 전설인 〈오월의 종〉이 있으니 위치도 최고. 원래, 이 두 곳은 건물의 1층과 지하 1층에 입주한 이웃이었다가 〈오월의 종〉이 이사를 가면서 현재는 분리되었다.

매번 한남동에 갈 때마다 이 두 곳을 들러 양손 가득 빵과 커피를 거머쥐었기에 〈mtl〉 가는 날은 〈오월의 종〉 가는 날이기도 했다. 어떤 의미에서 〈오월의 종〉이 아니었다면 〈mtl〉을 그만큼 자주 가지 않았을지도 모르겠다.

위대한 조력자

이곳이 베를린 3대 커피 브랜드인 보난자커피의 공식 공급처라는 포인트는 분명 매력적이지만, 그보다 〈오월의 종〉 빵과의 시너지가 참 좋다. 카페에 맛있는 디저트가 있는데도 불구

하고 커피와 빵을 따로 사서 한적한 길가 벤치에 앉아 먹은 적도 더러 있다.

한번은 〈오월의 종〉에서 사고 싶던 빵이 없어 〈mtl〉로 간 적이 있는데 마침, 배가 살짝 고팠고 커다란 창가 자리가 비어 있어 오래 머물고 싶은 마음에 케이크 몇 개를 커피와 함께 주문해 먹었다. 그동안 시도조차 안 해본 것이 후회스러울 만큼 어찌나 맛있던지. 커피는 피콜로 라떼였다. 개인적으로 이곳의 드립 커피보다는 커스터드 라떼 같은 창작 메뉴에 더 후한 점수를 주는 편이다. 피콜로 라떼 역시 훌륭했다.

한편, 최근 〈mtl〉의 효창공원점을 발견하게 되었다. 한남점보다 살짝 작아 보이는 공간에 커피를 비롯한 식사 메뉴들이 보였다. 흥미롭게도 효창공원의 원톱인 〈우스블랑〉과 멀지 않았다. 〈오월의 종〉과 〈mtl〉을 한남동 코스로 생각하는 내게 효창공원의 〈우스블랑〉이라니! 아마도 머지않아 이곳도 '효창공원 코스'가 될 전망이다.

°*tips*

1. 카페에 머무르는 동안 카페 한 켠에 마련된 개성 있는 소품을 구경할 수 있다.

2. 보난자커피를 국내에 소개한 <mtl>이 2022년, 군자역 근처에 <보난자커피 로스터리>를 오픈했다.

°서울 용산구 이태원로49길 24 1층 °매일 09:00-22:00 °@mtl_shopncafe

Special

Interview

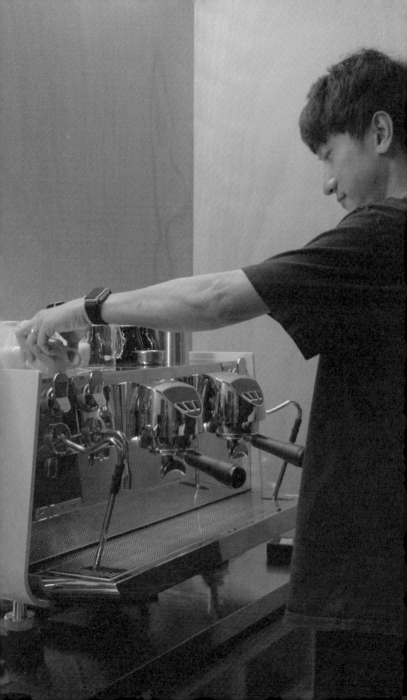

파스텔커피웍스 PASTEL COFFEE WORKS
장현우 대표

그와의 인연은 모두 커피에서 비롯되었다. 커피 매거진의 외부 필자로 활동하던 시절 그는 교육생이었고 빵에서 커피로 직업을 전환하고자 했다. 호주에서 공부하던 내게 짧은 자문을 구한 적도 있었고, 친구를 만나러 놀러 간 시드니에서 길을 걷다 우연히 마주치기도 했다. 그리고, 한국으로 완전히 귀국한 뒤 찾아간 첫 카페가 그가 오픈한 〈아이두〉였다. 이후, 아주 가끔 안부를 묻거나 그의 카페를 찾아가는 것으로 생존 신고를 알리던 시간이 흘어져갔다. 그러다 마치 드라마의 시즌 1이 끝나고 10년이란 챕터가 훌쩍 지난 것처럼 새로운 카페로 등장했으니 그곳이 바로 〈파스텔커피웍스〉다.

〈아이두〉나 〈빈프로젝트〉가 기억나지 않을 만큼 카페의 분위기는 사뭇 달랐고 카페 규모도 훨씬 컸다. 지하 공간이 메인 무대처럼 보였으며 지상 1층은 다양한 제품과 커피, 디저트 등이 소개된 쇼룸이었다. 여전히 홍대, 합정동이었고 서촌에 작은 직영점이 있었다. 이렇듯 오랫동안 좋아했고 많은 것들이 바뀌었지만, 그의 커피는 변함없이 맛있었다.

〈빈프로젝트〉에서 이름을 바꾼 이유가 궁금해요. 〈파스텔커피웍스〉는 어떤 의미인가요.

2011년 〈빈프로젝트〉와 〈카페 아이두〉를 창업하면서 언젠가는 이 둘을 하나의 브랜드로 통합해야겠다는 마음이 있었어요. 그 시기가 왔다고 느꼈고 곧장 실행했죠. 이름이 감상적이라고 말하는 분들이 많은데, 맞아요. 오일 파스텔로 그린 그림을 보면 부드럽고, 따뜻한 감정이 오래 남잖아요. 파스텔 기법은 물감이 마르면서 변화하는 유화나 수채화와는 달리 작가가 그리는 대로 표현되는 솔직하고 직관적인 느낌이 있어요. 우리가 세상에서 가장 맛있는 커피를 만들기로 결심하고 이 커피를 어떻게 전달하는지 관찰했더니 '따뜻함'이라는 분위기의 정체성이 많이 묻어나더라고요. 우리가 커피를 대하는 진정성과 솔직함을 잘 드러내는 의미를 담고 있기도 했고요.

요약하면, 전 세계의 커피를 검증하고 로스팅하는 일을 하고, 다채로운 커피를 소개하고 있으니, 우리의 일이 마치 파스텔 컬러와 같다는 생각을 한 거죠. 이름을 바꾸면서 '기억에 남는 커피'라는 슬로건도 만들었어요. 스페셜티 커피를 다루는 회사로서 제품에 충실해야 한다는 원칙과 함께 말이죠.

여전히 젊지만 20년 가까운 커피업계 종사자로서 깨달은 것이 있다면 무엇일까요?

처음에는 뿌연 연기처럼 흐릿하게 보이던 커피의 정체성이 점차 그 모습을 드러내는 것 같아요. 질문에 적절한 답변은 아닌 듯하지만 커피의 정체성을 너무 모르는 것도, 또 너무 명확하게 알아버리는 것도 문제라는 생각이 들거든요. 평생 직업을 갖는 것에 대해 저는 '호기심'이라는 동력을 갖는 것이라고 표현하곤 하는데, 시간이 흐르면 어느 정도 내가 가진 직업의 실체가 선명해지기 마련이지만 그 형태를 온전한 완성형으로는 만들지는 않으려 해요. 그 이유는 호기심을 잃지 않기 위한 자세를 계속해서 갖고 싶으니까요.

책과 여행을 좋아하는 걸로 알고 있어요. 그동안 어떻게 지냈는지 궁금해요.

로스터리 공간을 파주로 이전하고, 서촌과 합정에서 〈파스텔커피웍스〉 카페를 운영하느라 좀 바빴습니다. 2011년에 창업한 이후 지금까지 커피 말고는 다른 일에 크게 관여하지 않았던 것 같아요. 만약 했다 해도 커피와 관련된 무엇이었겠죠. 제가 하는 모든 활동이 커피라는 뿌리에서 자라는 새싹이나 줄기 같다는 생각을 종종 해요. 신기하게도 제가 무슨 일을 할 때 사실 얼마 못 가서 쉽게 질리고 새로운 것을 시도하는 편인데, 커피와 책, 음악과 명상은 오랫동안 하게 되네요.

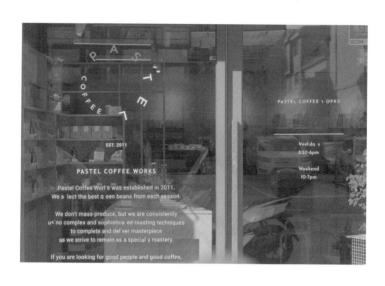

PASTEL COFFEE \ OPKS

Weekdays
8:30-6pm

Weekend
10-7pm

EST. 2011

PASTEL COFFEE WORKS

Pastel Coffee Works was established in 2011.
We select the best green beans from each season.

We don't mass-produce, but we are consistently
using no complex and sophisticated roasting techniques
to complete and deliver masterpiece
as we strive to remain as a specialty roastery.

If you are looking for good people and good coffee,

특별한 일이 없으면 책이나 명상을 통해 마음을 다듬고 여행도 하면서 잘 지내고 있습니다.

소셜 미디어를 보면 방현영 바리스타가 〈파스텔커피웍스〉를 대표하는 것처럼 보이더군요. 직원들의 개인 활동이나 인기도 파스텔을 홍보하는 데 분명 도움이 되겠죠?

그럼요. 〈파스텔커피웍스〉는 커피를 가장 좋아하고 잘 알고 있는 전문가 집단이에요. 각 분야의 선수들이 모여 최고 수준의 커피를 만들고, 고객이 좋은 경험을 할 수 있도록 항상 고민해요. 제 입장에서 말하면 카페 구성원 중 누구라도 새로운 프로젝트에 대한 의사가 있으면 적극적으로 지원해주려고 해요. 대회나 SNS 활동, 콘텐츠 기획처럼 다양하게 활동하면서 스스로에게 동기 부여를 하고 직업에 대한 재미를 찾을 수 있다면 더할 나위 없죠.

방현영 헤드로스터의 경우 2023년 베스트 바리스타상, 베스트 에스프레소상을 수상했는데, 옆에서 오랫동안 봐와서 알지만 정말 커피만큼은 그 누구도 따라갈 수 없는 에너지와 감각을 지녔답니다.

바나나 브레드에 대한 애정이 대단해요. 저도 호주에서 바나나 브레드를 너무 좋아했어요.

호주에서 바나나 브레드를 처음 먹었을 때 왜 그렇게 맛있던지. 단숨에 푹 빠져버렸어요. 촉촉하고 부드러운 질감과 은은한 단맛이 아주 매력적인 디저트이잖아요. 덕분에 커피와 궁합이 아주 잘 맞죠. 카페 오픈부터 지금까지 만들고 있으니 10년 넘게 대표 디저트로 자리잡고 있습니다.

카페가 오래 지속되려면 여러 조건들이 필요한데, 〈파스텔커피웍스〉가 생각하는 필요충분조건은 무엇인가요?

비즈니스에 따라 다르겠지만 스페셜티 커피업계의 경우 고객의 공감을 얼마나 잘 끌어내느냐가 중요해요. 최고의 제품을 골랐는데 고객이 기대 이하로 반응하면 갑자기 강한 의문과 함께 딜레마가 찾아오죠. 이런 상황을 현명하게 극복하는 수밖에 없어요. 따라서, 사업의 지속 가능성은 건강한 재무 구조이며, 이는 소비자가 공감할 수 있는 서비스와 제품을 제공해야 성립된답니다.

요즘 카페의 홍보 전략은 이전과 확연히 달라요. 다른 브랜드와 협업하거나 자체 행사도 많이 하는데 〈파스텔커피웍스〉역시 테이스팅 이벤트를 자주 하는 듯해요.

앞서 이야기한 '기억에 남는 커피'를 고객에게 전달하기 위해 고민을 많이 하는데요. 다행히 저희가 만드는 커피가 세계 최고라고 자부할 수 있기 때문에 어떻게 하면 고객에게 이런 사실을 전달할 수 있을까를 생각했어요. 그 결과가 바로 '파스텔 커피시음회'와 '바나나 브레드 팝업'이었고, 지금도 커피 한 잔이 누군가의 좋은 기억으로 남을 수 있도록 다양한 방법을 구상 중에 있습니다.

대표님이 생각하는 최고 혹은 최선의 커피는 무엇인가요?

기억에 남는 커피입니다. 다만 그 느낌은 커피만이 아니라 커피를 만든 바리스타와 공간, 내가 커피를 마실 때 흐른 음악 등 여러 요소가 그런 기억을 만들어 준다고 생각합니다.

@jackiechang84

$$\boxed{\text{Interview 02}}$$

바람커피 BARAM COFFEE
이담 공장장

'그분'의 사무실에 가면 온갖 종류의 그라인더를 감상하고 커피를 맛볼 수 있었다. 선하고 직선적인 인품을 가진 '그분'을 통해 알게 된 〈바람커피〉. 왜 카페 이름이 '바람커피'인지 궁금했다. 나중에서야 카페 설립자인 이담 공장장이 과거 '풍만이'라는 이름의 커피트럭으로 제주도 전역을 돌아다니며 커피를 판매했다는 사실을 알게 되었다.

그는 '커피 오마카세'를 처음으로 국내 도입한 이다. 천성적으로 사람에 대한 낯가림이 있지만 커피를 그 누구보다 친절하게 알려주고 싶은 마음만은 간절하기에 1호점에서 조금 떨어진 곳에 자그마한 2호점을 열었다. 사실 오래 전부터 그의 지인들은 이미 한 번 이상 그의 자상한 '커피 강좌'를 들곤 했다. 그러던 어느 순간, 다양한 스페셜티 커피를 전문가 앞에서 마실 수 있다는 입소문이 나더니 지금은 예약만 하면 그의 이런저런 커피 이야기와 더불어 나만의 커피 큐레이션도 받을 수 있게 되었다.

〈바람커피〉의 '바람'은 공장장님이 제주에서 운전하던 '풍만이'와 연결된 걸까요?

제주도에서 처음 '바람'을 만들었을 때 자연의 공기 순환으로 부는 바람과 무언가를 갈망할 때의 바람이란 의미가 동시에 중첩되기를 원했어요. 제주도에서 살면 바람의 존재와 위엄을 알게 되거든요. 그래서 '바람'이란 이름을 가지고 왔어요. 또, 그 이름처럼 바람 따라 5년 동안 열심히 커피트럭 몰면서 여행하기도 했죠. 지금은 그 바람 따라 연남동에 정착해서 커피를 만들고 있네요. 어찌 됐건, 제가 내리는 커피가 사람들의 바람을 이루는 데 도움이 되기를 바라는 바람입니다. (웃음)

공장장님의 커피 인생을 한마디로 표현하자면 무엇일까요?

나이도 먹고 철이 들면서부터 커피는 항상 제 곁에 있었던 것 같아요. 자연스럽게 스며들었다고 할까요? 누군가를 만날 때도 가장 편한 곳이 카페였고 혼자 책을 읽거나 시간을 보낼 때도 분위기 좋은 카페를 찾아가는 게 일상의 작은 행복이었거든요. 그러고 보니, 대학 도서관 옆에 있던 자판기 커피, 회사 생활할 때 언제나 테이블 위에 놓여 있던 머그잔, 여행하면서 찾아 다니던 카페들이 모두 생각나네요. 그렇게 시나브로 커피의 맛과 향에 매료가 되었는데, 본격적으로 커피에 인생을 맡긴 건 2004년쯤 제주에서 생활하면서부터입니다. 주변에 커피를 마실 만한 카페가 없어서 직접 생두를 사다가 로스팅했어요. 그게 시작인 셈이죠. 지금은 매일매일 커피를 볶고 내리는 일을 하고 있으니까요.

사실, 커피업계에서 '커피 오마카세'라는 트렌드를 일으켰다고 과언이 아닌 듯해요. 어떻게 시작하게 되었고, 준비할 때 가장 주력하는 부분이 있다면 무엇인지요?

손님들에게 더 다양한 맛의 커피를 알려주고 싶다는 생각이었어요. 카페에서 드립커피 한 잔만 마시면 살짝 아쉬울 때가 있잖아요. 바리스타 입장에서는 주문받은 것 말고도 다른 커피의 맛을 가능한 많이 소개하고 싶거든요. 그러려면 손님이 어쩔 수 없이 여러 잔을 마셔야 하니 아예 메뉴로 올리자 했죠. 손님 입장에서도 앉은 자리에서 이런저런 커피 맛을 보고 설명까지 들을 수 있으니, 재밌고 즐겁게 음미할 수 있다고 생각했어요.

오마카세 세팅에서 가장 신경 써야 할 점은 준비된 커피들이 모두 맛이 좋아야 한다는 거예요. 중간에 하나라도 맛이 이상하면 전체 코스가 망가져버려요. 그래서, 예약한 손님의 취향과 반응을 유심히 살펴보면서 그날그날 제일 맛있는 커피들로 코스를 짭니다. 신맛을 싫어하는 손님한테는 일부러 좋은 산미를 가진 커피를 내려주는데, 그러면 그 반응들이 참 재밌어요. (웃음) 좋은 산미를 가진 커피는 깜짝 놀랄 정

도로 맛있으니까요. 여하간, 이렇게 커피 자체의 맛과 향만으로도 한 시간 반에서 두 시간 정도를 즐기는 코스가 완성됩니다. 요즘엔 색다른 형태의 오마카세를 진행하는 카페들이 생겨나고 있어요. 커피와 디저트를 페어링하거나 드립만이 아닌 에스프레소 베이스의 배리에이션으로 준비하더군요. 이런 스타일도 참 좋은 것 같습니다.

현재 카페 두 곳을 운영하고 계시는데요. 각 매장의 특징은 무엇인가요?

연남동에 처음 〈바람커피〉 연남을 오픈했어요. 이후에 로스팅 공간과 원두 판매를 목적으로 〈바람커피〉 원두상점을 마련했지요. 카페를 시작할 때 저만의 커피가 아니라 좀 더 조직적인 커피 브랜드를 만들고자 법인으로 설립했는데요. 〈바람커피〉 연남의 경우 커피 메뉴 외에도 티와 음료, 디저트를 맛볼 수 있도록 했습니다. 계단을 내려와야 하고 넓지 않은 공간이지만 나름 아늑하고 따뜻하답니다. 이곳에서 5분 정도 걸어가면 〈바람커피〉의 원두상점이 나옵니다. 다양한 원두로 준비해 놓았어요. 덕분에 커피를 천천히 탐험할 수 있죠. 상당히 비좁은 편이지만 커피를 좋아하는 사람이라면 집중해서 커피에 빠질 수 있는 일종의 '커피 놀이터' 같은 곳입니다.

좋은 커피, 맛있는 커피란 무엇일까요?

좋은 커피는 나쁜 부분이 없는 커피겠죠. 하지만 현실에서 만나기는 힘들어요. 거의 모든 커피에는 장단점이 동시에 존재하거든요. 좋은 생두를 잘 로스팅한 커피에는 장점이 단점을 커버할 정도로 훨씬 많아서 맛을 걱정할 필요는 없어요. 그럼에도 궁극의 맛은 커피를 내리는 실력으로 좌우될 수 있어요. 커피를 추출할 때 단점을 빼거나 가릴 수 있는 정도가 된다면 커피 실력이 아주 훌륭한 겁니다. 그 정도 수준까지 가려면 몇 년 동안 꾸준히 커피를 내리고 즐겨봐야 하겠죠. 또 하나 짚고 넘어갈 것은 커피의 개성인데요. 생산지나 농장, 품종, 프로세싱에 따라 커피는 천차만별이거든요. 좋은 커피는 여느 커피에서는 느낄 수 없는 독특함과 매력이 있어요.

요즘 가장 마음에 드는 원두와 그 특징을 알려주세요.

저는 커피를 두루두루 좋아하는 편이라서 특별히 가리지는 않아요. 그래도 대중적인 트렌드를 무시하지는 않기 때문에 최근 화두가 되는 무산소 발효나 가향 커피라고도 부르는 인퓨즈드 커피infused coffee를 관심 있게 보고 있어요. 무척 재미있는 아이디어라고 생각합니다. 전통적인 클래식 커피들(케냐, 에티오피아, 인도네시아, 콜롬비아, 과테말라 등)은 기본적으로 구비해두고, 유행하는 커피도 한두 가지 갖고 있다면 무척 좋을 것 같네요. 요즘엔 밝고 깨끗하고 달콤하고 뒷맛이 좋은 커피들이 인기 있거든요. 이런 추세는 앞으로도 계속되리라 봅니다.

공장장님이 〈바람커피〉를 통해 이루고 싶은 것이 있다면?

'〈바람커피〉 커피는 믿을 만하다, 정말 맛있다, 특별하다'라는 인정을 받으면서 변함없이 커피와 함께 지내고 싶어요. 사실, 커피는 단순한 음료가 아니잖아요. 인류 역사에 커피가 등장한 이래 커피는 우리 사회와 문화, 정신적인 부분에까지 긍정적인 영향을 주는 역할을 하고 있어요. 그렇기 때문에 〈바람커피〉는 어디에나 볼 수 있는 평범한 커피가 아니라 〈바람커피〉만의 특별함을 가지고 지속적으로 활동할 계획입니다. 아울러, 커피를 마시는 공간만이 아니라 손님들과 함께 커피를 즐기고 함께 노는 곳이 되기를 바랍니다.

@yidam

몬탁 MONTAUK
김찬주 대표

2010년대 중반만 해도 멜버른 소재 어느 카페에서도 바리스타로 일하는 한국인을 찾아보기 힘들었다. 영주권을 얻기 위한 한국 학생들은 대부분 주방에서 일을 했고, 나 역시 파티세리 전공이라 홀이 아닌 부엌이었다. 지금은 정말 많은 것이 변했다. 한국에서 바리스타로 일을 하다 가면 경력을 인정받아 카페에 취업할 수 있다고 하니 말이다. 생각할수록 대단한 일이다. 그렇게 그곳에서 그들의 문화에 심취해서 다시 한국으로 돌아온 이들은 자신만의 카페를 오픈한다. 그중 제대로 인상적이었던 〈몬탁〉.

〈몬탁〉의 커다란 창문은 변화무쌍한 날씨의 모니터였고, 투박한 테이블은 세월의 흔적을 고스란히 보여주었다. 플레이트와 머그는 테라코타를 만지는 것 같았고 스태프의 친절함은 자연스러웠다. 무엇보다 크루아상과 커피의 조합은 엔도르핀을 끌어올리기에 충분했다. 게다가, 시드니 최고의 인기 크루아상

베이커리인 〈룬 크루아상LUNE Croissant〉의 대표 케이트가 직접 방문하여 칭찬을 쏟아낸 곳이기도 하다.

호주에서 비교적 오랜 시간을 보낸 것으로 알고 있습니다. 워킹 홀리데이를 마치고 한국으로 돌아와 다시 호주로 떠나셨잖아요. 어떤 마음의 변화가 있었나요?

군대 전역하고 2학년 1학기로 복학하기 전, 지금이 아니면 언제 해외에서 한번 살아보나 싶은 마음에 호주로 워킹 홀리데이를 떠나게 되었어요. 그곳에서 1년을 보낸 뒤 학교로 돌아왔죠. 중간고사 기간 무렵이었는데, 문득 '지금 가고 있는 길이 정말 내가 원하는 길인가'에 대한 의문이 들었어요. 그 물음에 제 마음은 아니라고 대답했고 시험 전 자퇴를 했어요. 딱히 취향이란 것이 없는 무미건조한 삶을 살아왔지만 커피는 참 좋더라고요. 마침 워킹 홀리데이를 경험하며 바리스타로 일했기 때문에 이번 기회에 요리와 커피를 동시에 공부하고자 멜버른에 학교 등록을 하고 정착하게 되었습니다.

같은 윌리엄 앵글리스 동문이라 너무 반가웠어요. 커피를 좋아했다면 빵이나 디저트를 배우는 학과를 선택했을 것 같은데 요리를 공부했어요. 특별한 이유가 있을까요?

당시 제 생각을 떠올려보자면, 생활 속 가까이에 있는 식재료에 대한 궁금증이 컸던 것 같습니다. 한국에서 쉽게 볼 수 없던 재료들을 보고 만지며 요리해보니 매우 흥미로웠고 이해도가 훨씬 커졌죠. 그때의 경험들이 현재 제가 〈몬탁〉의 메뉴를 구성하고 구체화하는 데 굉장한 도움이 되고 있어요.

멜버른에서 특별한 인연을 만난 것 같은데, 그곳은 어떤 곳이고 어떻게 일하게 되었나요?

멜버른은 여전히 커피에 대한 열정이 넘치는 도시지만 처음 갔을 때에는 뭐랄까요, 정말이지 낭만적이라는 인상을 받았어요. 마냥 설레고 매일이 신선했죠. 하지만 새로운 도전을 위해 되돌아간 멜버른은 확연히 다른 감정을 갖게 되더군요. 여유를 가지고 천천히 시내를 돌아다니곤 했어요. 그러다 좁은 골목에서 유난히 눈에 띄는 파란 문을 발견하게 됐습니다. 바로 〈리틀로그〉였죠. 그곳이 그냥 좋았습니다. 당장 일하고 싶었지만 조금이라도 실력을 쌓은 뒤 지원하고 싶어서 그 사이 학교와 파트타임 일들을 경험했어요. 그러던 어느 날 구인 공고가 떴고 생각할 겨를도 없이 바로 지원했습니다. 다행히 서류가 통과되더라고요. 면접 날, 간절한 마음에 약속 시간보다 한 시간 일찍 도착했어요. 제가 가장 좋아하는 〈Shortstop Doughnut〉의 더즌 박스를 손에 들고 말이죠. 도넛 때문인지는 몰라도 그토록 원하던 〈리틀로그〉에 마침내 합격했습니다.

그곳에서 정말 열심히 일했어요. 정해진 시간 이외에도

자진해서 청소하고 부지런히 움직였거든요. 한국에서 마들렌과 까눌레 틀을 사와서 커피만 팔던 매장에 자진해서 디저트도 만들어냈어요. 연차가 쌓이고 5년이 훌쩍 흐르면서 서로에 대한 믿음이 생기면서 사람이 가장 소중하다는 걸 알게 되었죠. 누구보다 오랜 시간을 일할 수 있도록 아낌없이 지원해준 리더인 이한얼Leo Lee 형에게 너무 감사해요. 파트타이머에서 팀 매니저, 실무 디렉터로 승진하며 바닥부터 해낸 제 자신도 기특하고요. 아무튼 〈리틀로그〉에서 일을 하지 않았다면 지금의 〈몬탁〉은 없었을 겁니다. (웃음)

호주로 다시 돌아갈 수 없었을 때 상실감이 무척 컸을 것 같아요.

영주권을 준비하던 상황에서 갑자기 한국에 가야 하는 일이 벌어졌어요. 하필 그때, 코로나19가 터지고 모든 나라가 통제권 안에 있던 시기여서 고민이 컸죠. 다시 호주로 가고 싶었지만 국경이 닫혀 있는데 어쩔 도리가 없더군요. 결국, 할 수 있는 일을 찾기로 했고 그렇게 〈몬탁〉을 준비하게 되었답니다.

이름에 대해 물어보는 분들이 많은데, 영화《이터널 선샤인》에서 가져왔어요. 주인공이 갑자기 향한 곳이 몬탁이었는데, 그곳에서 그는 영원한 사랑을 찾게 되죠. 영화처럼 〈몬탁〉이 반복되는 일상의 빛과 쉼이 되는 공간으로 사랑받았으면 하는 마음이 담겨 있어요.

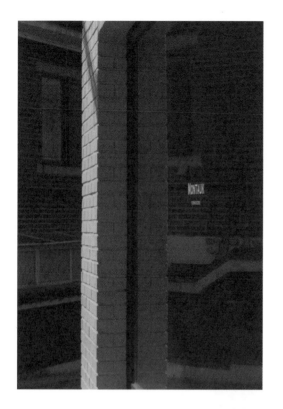

오픈하기 전 쏟은 열정은 두말할 필요 없겠지만 구체적으로 어떤 준비와 노력을 기울였을까요?

제가 중요하게 생각하는 것은 '자연적인 것'입니다. 억지로 표현한 '인위적인 것'보다 자연스러운 것에 항상 이끌렸어요. 시간이 지날수록 사물에 먼지가 쌓인다고 하지만 저는 하나의 나이테라고 생각해요. 나무라는 소재도 워낙 좋아해서 카페를 설계할 때 나무를 메인으로 잡았어요. 접시나 컵 역시 자연 느낌이 나는 돌과 같은 소재를 원했죠. 카페 공간의 경우 햇살을 최대한 감지할 수 있는 장소를 찾았어요. 날씨와 계절에 따라 자연의 빛이 카페를 채우기를 바랐거든요. 그 외에도, 서로 다른 취향을 가진 사람들이 카페에서 어우러진다는 의미를 나타내고 싶어서 의자를 비롯한 소품들을 다양하게 사용했습니다.

〈몬탁〉은 이제 방배동의 메인 베이커리 카페가 되었어요. 앞으로 이곳은 어떻게 변화하게 될까요?

2021년 10월에 문을 열었으니 벌써 3년이 되어가네요. 가능하다면 변함없이 같은 모습으로 이 자리에 있고 싶어요. 선한 마음으로 하루하루 최선을 다하다 보면 조금씩 성장할 것이고 후회하지 않겠죠. 다만, 저와 팀원이 커피와 빵을 너무 사랑하고 〈몬탁〉을 방문하는 손님을 위해 언제나 빛과 쉼이 되고자 하는 마음은 변함이 없을 것 같네요.

루아르 RUAR

강병석 대표

가끔, 이름만 들어도 궁금하고 독특한 방식으로 운영하는 모습을 보면 더 궁금한 카페가 있다. 골목마다 넘치고 넘치니 이제 그만 생겨나도 될 것 같지만 새로운 카페들이 생길 때마다 새로운 호기심이 생기는 건 어쩔 수 없는 일. 그곳이 내가 좋아하는 요소들을 두루 갖추고 있다면 고마운 마음마저 갖게 된다.

꽤 긴 시간을 들여 이곳의 이야기를 봐왔고 망원동 나들이를 갈 때마다 수없이 스쳐 지나갔던 〈루아르〉였다. 그냥 들어가면 될 일이고 방문이 망설여진 것도 아닌데, 인연이 닿지 못했다. 이곳은 합정과 영등포에 분점이 있지만 개인적으로 좋아하는 위치는 망원동 뒷골목, 멋진 붉은색 벽돌 건물에 입점한 망원점이다. 1층과 2층이 명확히 분리돼 있어 노트북 작업을 한다든가 친구와 요란한 수다를 떨어도 조금은 덜 미안할 수 있는 공간이 있다. 물론, 최소한의 에티켓은 필수. 음악을 진심으로 좋아한다는 그의 플레이 리스트도 내 마음에 쏙 들었다.

'루아르'의 의미는 무엇인가요?

'Ruar'는 스페인어로 여러 의미가 있어요. 그중에서 '귀부인에게 잘 보이고 선물하기 위한 목적으로 거리를 산책하다'라는 뜻이 있는데, 누군가에게 잘 보이고 싶을 때 그 사람을 이곳으로 데려오면 좋겠다는 생각을 하게 됐어요. 혼자 와도 좋지만 좋아하는 사람과 함께 오면 그 시간이 행복하잖아요. 〈루아르〉가 그런 곳이었으면 합니다.

카페를 오픈하기까지 어떤 과정이 있었나요? 자신만의 카페를 오픈하게 된 이유도 궁금한데요.

제대하고 바리스타로 7년가량 경력을 쌓은 다음 창업했어요. 커피를 배우는 동안 일했던 곳은 〈이디야〉, 〈투썸플레이스〉 같은 프랜차이즈도 있고, 〈헬렌스커피〉나 〈카페진정성〉 같은 개인 브랜드도 있습니다. 제 나름대로 다양한 결을 가진 카페에서 근무를 하고 싶었고 결론적으로 도움이 많이 되었죠. 덕분에 어느 한쪽으로 치우치지 않은 인사이트를 얻을 수 있었고 생각의 폭이 확장되었거든요.

특별히 카페를 오픈하게 된 동기나 계기가 있었던 건 아니었어요. 커피와 함께 오랜 시간 지내다 보니 너무나 당연한 수순이었고 바리스타로 근무하면서 자연스럽게 내가 원하는 카페를 언제나 꿈꾸었답니다.

〈루아르〉의 첫 시작은 어땠나요?

대흥역 근처에 첫 카페를 오픈했어요. 열심히 조사하고 지역 상권을 분석해서 결정한 것은 아니었고 그저 운이 좋았습니다. 코워킹 스페이스인 〈로컬스티치〉에서 비교적 수월하게 창업을 할 수 있었으니까요. 지금은 영업을 안 하고 있지만 덕분에 좋은 사람들을 많이 만났습니다.

카페라는 플랫폼을 통해 계획하고 있거나 특별히 이루고 싶은 일이 있나요?

제 꿈 중 하나가 저와 같은 업계에 있는 분들이 '강병석, 쟤 요즘 뭐해?'라는 궁금증을 갖도록 만드는 건데요. 그러려면 늘 움직이고 진화하면서 좋은 인상과 임팩트를 줘야겠죠. 남들이 다하는 것 말고, 전형적이지 않은 신선하고 참신한 일을 벌이고 싶습니다.

〈루아르〉의 인스타그램을 보면 대표님의 일기장이나 에세이를 읽는 것 같아요. 평소 글쓰기를 좋아하나요?

〈루아르〉를 구상했을 때 저와 최대한 닮은 분위기로 만들고 싶었어요. 사실 제가 딱히 개성이 뚜렷한 것도 아니고, 특별한 취미도 없는 지극히 평범하고 무색무취인 사람이거든요. 이런 성향이 자영업자로서 장점은 아니어요. 남들에게 어필할 수 있는 요소가 별로 없거든요. 그래서 힘들 때가 많지만, 그럼에도 저만의 매력을 찾아서 솔직한 글로 표현하기로 했어요.

인스타그램은 보통 예쁜 사진이나 재미있는 영상을 올리는 것이 키 포인트인데, 저는 종종 의도적으로 무미건조한 영상을 긴 글과 함께 올리곤 해요. 그렇게 하면 외형이 예쁘지 않아도 제 이야기에 귀 기울여주는 사람들이 누군지 알 수 있죠. 그런 분들과 제 마음을 공유하고 저희만의 색다른 이야기를 전달하고 싶습니다.

7년 넘게 카페를 운영하면서 여러 우여곡절을 겪었을 거라 짐작해요. 한국, 서울의 카페업계는 어떻게 흘러간다고 생각하나요?

제가 보기에는 다들 너무 뛰어나고 잘하고 있는 것 같아요. 하지만, 현실이 조금 회의적이긴 하죠. 아무리 유명한 카페라 해도 솔직히 카페를 통해 엄청난 수익을 내기는 힘들거든요. 임차료를 포함해 직원의 최저 시급, 생두 가격이 꾸준히 상승하고 있고 인테리어나 기물들을 구매한 초기 투자 비용 등을 고려하면 건강한 구조가 나오기 어려워요. 그렇다 보니, 어찌어찌 매일 카페 문을 열고 손님을 맞이하며 커피를 내어 드리는 일상이 감사할 때가 많아요.

카페 운영자로서 대표님의 계획은 무엇일까요?

옛날 제 꿈이 열 개의 매장을 운영하는 것이었는데, 30대 초반에 그 꿈을 이루게 됐어요. 대략 6개월 정도 정말 정신없이 살았던 것 같아요. 하지만, 전혀 행복하지가 않더라고요. 자고 일어나면 스마트폰에 메시지가 수도 없이 도착해 있고 하루하루 너무 바쁘니까 개인 시간도 거의 없었고요. 더 이상은 안 되겠다 싶어 카페 수를 줄이기 시작했어요. '선택과 집중'을 하기로 한 거죠.

앞으로는 〈루아르〉를 통해 카페 소비의 정당성을 더 확고히 구축하고 싶어요. 커피만 있는 카페가 아니라 커피도 있고 다른 무언가도 있어서 가고 싶고 즐길 수 있는 공간이 되었으면 하거든요. 그렇다고, 새로운 음료를 개발하거나 원두를 변경하는 이런 단순한 변화로 이끌어내는 것 말고 책이나 음악 등의 다른 방법을 찾고 있어요.

@byungseok91

루벤 힐즈 REUBEN HILLS
제이 류 총괄매니저

2018년 겨울, 시드니를 여행하기 전 내가 한 일은 시드니의 카페와 베이커리를 살펴보는 것이었다. 한 달 여의 여행을 달콤하고 향긋하게 채우기 위한 첫 걸음이자 중요한 사전 조사였기 때문이다. 호주 여행의 유용한 정보를 제공하는 온라인 플랫폼 브로드시트에서 〈루벤 힐즈〉를 알게 되었다.

그날도 어김없이 내리쬐는 햇볕을 방어하고자 가벼운 옷차림을 하고 선글라스와 카페 정보를 프린트한 종이 한 장을 들고 길을 나섰다. 시드니 여행이 처음이 아니었기에 서리 힐즈가 낯설지 않았지만, 그 사이 많은 것이 변해 있었다. 한국처럼 전 세계 여행객의 발걸음이 쇄도하는 도시인 만큼 변화와 새로움으로 무장해야 했을 것이다. 멜버른 못지않은 커피의 도시라는 말이 무색하지 않은 시드니. 개인적으로 멜버른에서 커피에 눈을 떴다면 시드니에서는 골목마다 숨은 트렌디한 카페들을 만날 수 있었다. 〈루벤 힐즈〉가 그랬다.

현재 〈루벤 힐즈〉에서의 포지션을 비롯해 커피와의 인연, 이 곳에서 어떻게 일을 하게 되었는지 등이 궁금해요.

〈루벤 힐즈〉에서 총괄 매니저로 있는 제이 류(Jay, 류재홍)입니다. 생두 구매를 포함해 품질관리(QC), 로스팅, 카페의 브랜딩과 마케팅, 직원 관리 등의 업무를 맡고 있습니다. 호주 시민권자이고 한국에서는 대안학교인 '이우학교'의 중학교 과정까지 마쳤어요. 고등학교는 뉴질랜드에서, 대학교는 호주 시드니에서 다녔죠. 전공이 회계학이었는데 저와는 맞지 않아 중퇴했습니다. 대신 시드니에서 스페셜티 커피를 접하게 되면서 새로운 기회를 얻은 것 같아요.

처음부터 커피를 업으로 삼겠다는 생각을 한 것은 아니었지만 여러 카페에서 일하는 동안 점점 좋아하게 된 것 같아요. 그래서 뭐든 열심히 했고 그렇게 하다 보니 어느덧 〈루벤 힐즈〉에서만 10년 넘게 있네요. 사실, 오기 전부터 이곳의 커피 퀄리티가 마음에 들었어요. 이전 회사와 가깝기도 해서 일찍 퇴근하는 날이면 〈루벤 힐즈〉에서 커피를 마셨죠. 그러다 대표인 러셀을 만났고 스카우트 제안을 받아 함께하게 됐습니다.

〈루벤 힐즈〉에 대해 소개해주신다면?

시드니 소재의 스페셜티 커피 로스터리 회사로 생두의 품질을 가장 중요시하고 최상의 맛을 지키기 위한 로스팅을 추구합니다. 기본적으로 좋은 생두의 지속성을 위해 농장주들에게 올바른 금액과 도움을 주기 위해 노력하고 있습니다. 이 때문인지 소비자들이 다른 회사보다 커피 가격대가 높다고 이야기합니다만 저희는 이렇게 해야만 농장주와 커피의 지속성을 지킬 수 있다고 믿거든요. 커피 역시 농산물이니까요. 커피와 즐길 수 있는 카페 메뉴의 경우는 계절마다 바뀝니다. 생두 구매를 위해 방문하는 아프리카와 남미의 음식을 재구성하여 선보이고 있죠. 가장 인기가 높은 메뉴는 루벤 샌드위치와 베이크드 에그이고, 개인적으로는 머쉬룸 부리토를 좋아합니다. 참고로, 멜버른의 대표 커피 회사인 〈세븐씨드〉와 함께 〈Paramount Coffee Project(PCP)〉를 운영하고 있어요. 최상급 커피와 더불어 간단한 식사 메뉴를 즐길 수 있는 멋진 곳이죠. 〈A.P Bakery〉도 시드니 여러 곳에 지점을 두고 운영하는 빵집으로 각종 페이스트리와 사우어도우 빵, 버거와 샌드위치 등을 판매하고 있습니다.

〈루벤 힐즈〉와 계약을 맺은 커피 농장들의 특징과 구매 기준이 있다면 무엇인가요?

무엇보다 퀄리티가 가장 중요하기 때문에 저희 기준에 부합한 곳이겠죠. 물론, 저희와 계약을 했다고 해서 독점으로 공급해야만 하는 것은 아닙니다. 전에 콜롬비아 Alcaraz Wilfredo Ule라는 농장주가 저희와 미국 유명 커피 회사인

〈사이트글라스 로스터리〉에만 커피를 납품했다가 코로나19가 터지면서 상황이 안 좋아졌어요. 결국, 그 계약은 2021년에 해지되었답니다. 저는 보통 산지 투어를 가기 전 물량과 가격을 미리 계산하는 편인데요. 만약 농장의 커피가 너무 훌륭해서 꼭 사야겠다면 농장주가 원하는 가격을 맞추어서 빠르게 계약하곤 합니다. 농장주가 합당한 돈을 받고 좋은 품질의 생두를 공급해줄 수 있고, 그로 인해 농장주들이 커피 농사를 포기하지 않는다면 그보다 만족할 수 없으니까요.

한국의 카페들도 경험한 만큼 호주와 한국의 카페 문화에 대한 의견이 궁금합니다.

호주와 한국의 카페 문화가 많이 다른 만큼 커피를 향한 사랑과 생각의 차이도 간극이 큰 듯해요. 호주 사람들은 아침 일찍 하루를 시작하고 대부분의 카페들이 아침 6시나 7시면 문을 엽니다. 반면, 한국 카페들은 늦은 오전이나 정오에 오픈해서 저녁 늦게까지 영업하는 걸로 알고 있습니다. 또한, 호주 사람들은 커피를 뜨겁게 마시는 편이지만 한국 사람들은 거의 대부분 (겨울에도) 차가운 커피를 즐긴다고 하더군요. 개인적으로 생두 구매나 품질관리를 할 때 항상 뜨거운 커피만 마셔서 인지 한국에서 처음 아이스 커피를 추천받았을 때 받아들이기 쉽지 않았던 기억이 있습니다. (웃음)

한국에도 자주 오신다고 하니 좋아하는 카페가 있을 듯해요. 어디인가요? 그 이유도 궁금합니다.

한국에 갈 때마다 항상 들리는 곳 중 하나가 바로 〈커피 리브레〉입니다, 제가 커피를 시작할 때부터 서필훈 대표님의 글들을 읽으며 많이 배웠어요. 게다가, 신기하게도 〈루벤 힐즈〉와 거래하는 농장주들과도 자주 겹쳐서 서 대표님이 구매하는 생두 리스트만 봐도 감히 〈리브레〉의 철학과 의도를 감탄하고 이해할 수 있었습니다.

몇 년 전부터는 〈에디션 덴마크〉도 종종 방문합니다. 카페도 예쁘고 사용하는 〈커피 컬렉티브〉를 제가 참 좋아하거든요. 〈루벤 힐즈〉가 〈PCP〉를 오픈했을 때 그곳 팀원이 모두 와서 여러 행사도 해주기도 했고, 제가 주니어 로스터일 때 그곳의 피터 대표님이 다양한 로스팅 기술을 가르쳐주었어요. 고맙고 감사한 마음이 크죠.

마지막으로, 〈나무사이로〉도 애정해요. 카페가 어머니 집 앞이기도 하고 알고 보니, 제가 〈나무사이로〉의 로스터리 공장이 있는 경기도 고기리에서 중학교를 다녔더라고요. 세월이 흘러 다시 방문했는데 카페가 여전히 있었어요. 그땐 로스터리 앞에 작은 규모의 바였는데, 최근 몇 년 사이 좀 더 깊은 산골에 터를 마련해서 크고 멋진 카페로 오픈한 걸 보고 감탄했습니다.

@jay_ryu_

버치커피 BIRCH COFFEE
제이슨 라 한국지사 대표

〈버치커피〉는 집에서 성수동으로 가는 가장 빠른 지름길을 탐색하다가 우연히 발견했다. 자동차 공장과 빌라들이 즐비한 골목에서 만났다. 첫눈에 자작나무 세 그루가 그려진 검은색 담장과 작지 않은 야외 공간이 인상적이었는데 순간, 왠지 모를 범상치 않음이 감지되었다. 검색해보니, 미국 뉴욕을 거점으로 상당한 인지도를 가진 커피 브랜드였고 베스트 커피숍으로도 여러 번 선정된 퀄리티 커피숍이었다.

맛과 퀄리티에 대한 기대감이 한층 높아진 나는 첫 방문을 평일 오전으로 정했다. 덕분에 아무런 예고가 없었음에도 한국계 미국인인 제이슨 라Jayson Rha 대표와 이런저런 이야기를 나눌 수 있었다. 그는 〈버치커피〉에 대한 강한 애정을 드러내며 브랜드의 철학을 자랑스러워했다. 게다가 이곳은 한국계 미국인인 제이슨 라 대표가 단독으로 운영하는 데다 〈버치커피〉 최초의 아시아 진출이라고 하니, 그 사연이 더욱 궁금했다.

〈버치커피〉는 폴과 제레미, 두 명에 의해 창립되었다고 알고 있어요. 이들이 어떻게 뜻을 모아 〈버치커피〉가 탄생하게 됐는지 궁금합니다.

폴과 제레미는 AA(Alcoholics Anonymous)라는 알코올중독 치료 커뮤니티에서 처음 만났어요. 당시, 서로의 상황에 대한 어떤 연대감이 생긴 거겠죠? 그때부터 친구가 되었고 지금은 비즈니스 파트너로 잘 지내고 있습니다. 〈버치커피〉는 제레미가 먼저 창업을 준비했지만 혼자 하기가 쉽지 않았던 탓에 폴에게 도움을 요청했어요. 현재 제레미는 CEO이고 폴은 COO로 포지셔닝되어 있는데, 커피와 관련된 일은 폴이, 커피 이외 대외홍보, 서비스, 직원 교육 등은 제레미가 맡고 있어요. 〈버치커피〉는 뉴욕에만 있기 때문에 〈버치커피〉 성수점이 뉴욕을 벗어난 〈버치커피〉의 첫 사례이자 해외 진출 1호점이랍니다. 현재는 13개의 매장이 운영 중에 있고, 최근 Fulton Street 지하철역에 새로 오픈했습니다. 앞으로는 맨하튼에서 벗어나 브룩클린, 퀸즈, 그리고 미국 동부 지역인 보스턴과 코네티컷으로 진출할 계획입니다.

처음 카페에 들어섰을 때 책들이 빼곡히 꽂힌 책장이 인상적이었는데 모든 〈버치커피〉 매장에 이런 라이브러리가 있다면서요. 〈버치커피〉가 중요하게 생각하는 브랜드의 가치는 무엇인가요?

〈버치커피〉에서 일하게 되면 손님의 마음을 읽는 법, 손님에게 질문하는 법, 손님이 무엇을 원하는지 파악하기 위한 교육을 받게 됩니다. 이런 직원들의 훈련 덕분에 손님들은 어느 지점에 가더라도 주문한 커피 맛을 똑같이 즐길 수 있어요. 손님을 위한 커피여야 하므로 저희가 추구하는 맛의 기준을 강요하거나 고집하지 않거든요. 예를 들어, 미국에는 우유와 시럽의 종류가 무척 다양해서 라떼를 만들 때 꼭 한 가지 공식대로 제공한다는 규칙이 없는 거죠. 손님마다 자신이 좋아하는 취향이 있으니까요. 이에 비해 한국은 조금 달라요. 사람들은 항상 새로운 커피 맛을 찾아다니는 것 같거든요. 뉴욕 사람들은 익숙한 맛을 선호해요. 한번 애정을 준 카페는 끝까지 갑니다. 따라서, 〈버치커피〉의 가치는 아무래도 언제 어디서나 일관된 커피 맛을 추구하는 데 있습니다.

서울에는 정말 수많은 카페들이 있어요. 뉴욕도 그렇겠죠. 그런 열띤 경쟁에서 〈버치커피〉가 인기를 얻고 있는 비결은 무엇일까요?

'가장 뉴욕다운 점'을 인정받은 게 아닐까 싶어요. 뉴요커가 만들었고 그들의 일상에 자연스럽게 스며들도록 많은 노력을 기울였어요. 무엇보다 고객 서비스에 집중하며 팀원들을 교육하고 관리했죠. 덕분에 살아남았다고도 할 수 있지만, 사실은 뉴요커들이 키운 거나 다름없어요. 아무리 애를 써도

그곳에서 버티는 건 쉽지 않은 도전이니까요. 〈버치커피〉는 손님들의 의견을 최대한 받아들이고 적용하려고 해요. 그렇게 저희의 진심을 알아주는 손님들은 또 다시 찾아오고 대화하고 친해지고 응원해주며 일상을 함께하게 됩니다.

뉴요커들의 커피 취향이랄까요? 한국은 아이스 아메리카노의 인기가 높고, 커피를 이용한 창작 메뉴도 아주 많죠. 뉴욕은 어떤가요?

뉴욕도 창작 메뉴들이 슬슬 인기를 얻고 있어요. 카페마다 개발에 열중하고 있지만 한국만큼은 아닌 듯해요. 달달한 커피를 마시고 싶으면 스타벅스에 가면 되거든요. 예를 들어, 추수감사절 기간이 되면 미국에는 펌킨스파이스라떼가 유행하거든요. 그럼, 저희 매장 바리스타들도 일 끝나고 스타벅스로 달려가 그 음료를 사서 마셔요. 가끔 줄 서서 기다리다 저희 매장 단골을 만나기도 하는데, 그럼 서로 보고 인사하며 눈인사를 지긋이 주고받죠.

〈버치커피〉에서 13년 넘게 일을 한 뒤 첫 해외 직영점을 한국에 오픈했다고 하셨는데요. 그 이전에는 어떤 일을 하셨나요? 버치와의 인연이 궁금해요.

지금 돌이켜 생각하면 대학교 때부터 시작된 것 같아요. 당시 친구와 함께 거의 매일 만나서 돌아다녔는데 갈 곳이 마

땅치 않았죠. 조용하고 한적한 캠퍼스 타운에는 특별한 장소가 많지 않거든요. 답답한 마음에 그 친구와 카페를 차렸어요. 충동적이고 즉흥적으로 오픈한 것이라 잘될 리가요. 결국 문을 닫으면서 외식업은 정말 어렵고 파트너십은 더욱 어렵다는 걸 배웠어요. 그때 얻은 경험으로 F&B 분야에서 꾸준히 일했어요. 경쟁력을 키우기 위해 셰프가 되기로 하고 뉴욕으로 왔는데, 갑자기 한국에 와야 할 일이 생긴 거예요. 다시 뉴욕으로 돌아갔을 때 셰프의 꿈은 접을 수밖에 없었고 고민하던 순간, 〈버치커피〉를 만났어요. 그리고 어느덧 10년이 훌쩍 넘어 이렇게 한국에서 〈버치커피〉를 운영하고 있네요.

성수점은 〈버치커피〉의 해외 첫 직영인 만큼 앞으로의 계획이 궁금합니다.

한국을 기반으로 다른 나라에 매장을 더 내겠다는 마음보다 치열한 한국 카페 시장에서 정착하고 살아남으면 다른 아시아 나라들로 진출하는 것이 더 나을 거라고 생각했어요. 그러나 현실은 미래에 대한 계획보다 하루라도 빨리 (뉴욕에서 그랬던 것처럼) 편안한 일상에 스며든 커피숍이 되는 것이 간절합니다. 한국 손님들과 가까워지고, 카페를 지속 가능하게 운영할 수 있기를 바랍니다.

뷰클런즈 BJÖRKLUNDS
윤소정 디렉터

커피와 카페에서 시간을 보내는 것을 좋아하는 내게 카페는 종종 그 이상의 것을 내어 주기도 한다. 시끄러운 마음을 비우고 환경을 바꾸고 싶어서 가는 경우가 대부분이라 가끔은 그 공간에 있는 것만으로도 해결될 때가 있는 것이다.

〈뷰클런즈〉의 커피를 알기 전 나는 이곳이 카페 이상의 역할을 하고 있음을 알고 있었다. 아마 그 누구라도 카페의 소셜 미디어 피드를 본다면 바로 이해할 것이다. 커피와 디저트를 제공하는 한편, 많은 이야기와 콘텐츠가 있다는 사실을. 공간은 좋은 글과 좋은 사람들로 채워져 있었고, 곳곳에 붙은 사진과 좌석 배치는 이곳을 찾은 이들을 충분히 반겼다. 처음엔, 커피를 좋아하는 바리스타가 책을 몹시도 사랑하는구나 싶었다. 그러나, 이곳은 교육 콘텐츠에 오랫동안 몸담아 온 기획자이자 에듀 큐레이터인 윤소정 디렉터가 받은 영감의 산물이자 허브였던 것. 나는 문득, 그녀의 이야기가 궁금했다.

〈뷰클런즈〉를 오픈하게 된 이야기를 들려주세요.

저는 17년 동안 쉼 없이 달려왔어요. 인문학을 기반으로 기획하고, 교육하고, 글 쓰고, 사업했죠. 정말 좋아하는 일이라 그렇게 밤낮없이 일했는데, 12년쯤 되니 지독한 무기력증이 찾아왔어요. 무대에 서는 것도, 출근하는 것도 어려워질 때쯤 존경하는 교육 파트너 폴앤마크의 최재웅 대표님이 같이 스웨덴에 가보자는 제안을 주셨어요. 그곳에서 대표님은 귀한 친구를 소개해주셨죠. 그 친구 이름이 뷰클런즈였어요. 그와 함께 지낸 1주일은 '센세이션' 그 자체였습니다. 뷰클런즈는 무엇이 되려고 애쓰지 않았어요. 그냥… 아무것도 하지 않아도 존재 그대로 행복한 사람이었죠. 특히 매일 뷰클런즈가 내려줬던 커피는 잊지 못해요. 이 친구는 유명해지고 싶은 마음도, 큰돈을 벌 생각도 없었어요. 정말… 동네 친구들에게 좋은 커피를 나눠주고 싶어서 전 세계를 다니며 훌륭한 스페셜티 커피를 구해오고, 매일 로스팅했죠.

그렇게 스웨덴 친구들의 시간 속에 함께 있다 보니 어느 순간 저도 '아무것도 하지 않을 때, 아름답다'는 것, 자연은 그 어떤 것도 애쓰지 않는다는 것을 서서히 인지하게 되었어요. 그리고 나만의 속도를 찾게 되었죠. 나는 내가 하던 일을 싫어한 게 아니라 잠시 Pause 버튼을 누르고, 나를 돌아보는 시간, 잠깐 쉬어가는 시간이 필요했던 걸 알게 된 거죠. 그래서 뷰클런즈에게 '내가 한국에서 너의 커피를 매일 마셔볼 방법이 있을까?' 물었습니다.

결국 항공으로 받아 마시기 시작했던 커피를 함께 갔던 대표님도, 그리고 주변 친구들도 같이 마시고 싶다고 하게 되면서 자연스럽게 〈뷰클런즈〉의 원두를 한국에 소개하는 일을 하게 되었어요.

뷰클런즈는 〈베르테로스〉의 오너 바리스타이자 로스터의 이름인데요. 그의 이름을 카페 이름으로 정한 특별한 이유가 있을까요?

스웨덴 친구들은 자신이 사는 동네, 심지어 자신의 이름을 굉장히 좋아해요. 실제 원두 이름도 모두 동네의 지명인데요. 가령 원두명이 '석촌호수, 잠실역' 이런 식이죠. 우리나라로 치면 카페 이름이 '윤소정'인 게 어색하지만, 이들에겐 너무 자연스러운 네이밍입니다. 그래서 스웨덴의 브랜드 이름도 〈뷰클런즈〉예요.

1층에는 다양한 굿즈가 있고 2층에는 작은 설치작품이 있습니다. 덕분에 카페는 마치 작은 갤러리 같은데요. 〈뷰클런즈〉의 공간 콘셉트가 궁금합니다.

PAUSE: 잠시 멈추고 오롯이 나를 돌아보는 곳 〈뷰클런즈〉를 시작하기 전, 저희는 성인을 대상으로 나를 공부하는 학교 '인큐'라는 인문학 교육기관을 운영하고 있었어요. 그때의 보

증금으로 〈뷰클런즈〉 투자금을 넣은 이유는 함께 공부했던 수많은 친구가 언제든지 자신을 잃어버렸을 때, 돌아올 수 있는 안전한 공간을 만들어두고 싶었던 겁니다. 그들에게 무엇을 가르치기보다 창문을 선물해주고 싶었어요.

이곳은 본래 어느 노부부의 집이었는데 창문 밖에서 놀이터, 아이들이 뛰어노는 소리, 새소리 등 서울 시내에서 잘 들을 수 없는 평화로움이 들리거든요. 찾아오는 친구들이 창을 더 자주 볼 수 있도록 의자를 낮게 했고, 또 많은 것들을 비워두면서 아무것도 하지 않아도 괜찮은 곳, 친구들의 안전지대를 가꿔주고 싶었어요. 올해 9~10월에 또 한 번의 리뉴얼을 준비하고 있는데요. 1년에 한두 번씩은 새로운 메시지로, 인연이 된 친구들에게 안전한 공간을 연결해주려고 합니다.

누구나 자신만의 힐링 방법이 있는데요. 대표님의 방법은 무엇인가요?

'침묵의 시간'을 좋아합니다. 남편과 함께하는 여행에서도, 팀원들과 함께 일할 때도 1~2시간 정도는 '침묵의 시간'을 지정해요. 원칙은 딱 하나, 따로 또 같이 침묵하는 건데요. 각자의 시간을 보내면서 터치하지 않는 이 시간이 저에게는 매우 아름다운 휴식입니다. 평안하고, 온전한 나로 존중받는 느낌이라고 할까요?

카페에 놓인 박스에 좋은 글귀가 참 많았어요. 〈뷰클런즈〉의 구성원이 모은 100가지 글귀라고 적혀 있더군요. 대표님이 모두 선택한 것인가요?

함께 공부했던 것들입니다. 지난 10여 년간 함께 인문학을 공부했던 친구들과 실천하려 노력했던 100개의 문장이에요. 방황할 때, 울고 있을 때 그럼에도 우리를 일으켰던 문장들이라 제겐 부적 같은 것들이죠.

한국에 북유럽 커피들이 인기를 끄는 이유가 단순히 힐링과 여유를 강조한 콘셉트만은 아니라고 생각해요. 대표님의 의견이나 생각이 궁금합니다.

제가 만나본 스웨덴 친구들은 이윤만을 위해서 장사하지 않아요. 목적은 돈이 아니라 자신의 행복이죠. 진심으로 자신이 하는 일을 통해서 타인이 행복해지길 바라요. 전 세계의 스페셜티 시장에서도 북유럽은 독보적인 퀄리티의 시장인데요. 그들은 진심으로 건강하고, 행복한 커피를 사먹는 행복을 가꿀 수 있는 친구들이에요.

한국에도 점점 그렇게 자신의 행복을 가꿔가는 소비자들이 많아진다고 생각해요. 저처럼요. 그 누가 알아주지 않아도, 내가 좋아하는 친구의 커피를 먹고 싶어서 나눠먹고 싶어서 일하는 사람들이 늘어나는 것 아닐까요?

@bemyself_sojung

정신과 육체적으로 유난히 힘들었던 겨울과 봄이 지나 여름이 되었다. 폭염이 기승을 부리고 집에 있는 것이 답답한 나는 마지막 글을 쓰기 위해 저 멀리 호화로운 카페로 길을 나서기로 했다. 주체할 수 없을 정도로 힘들었던 일들이 많았던 탓에 왠지 이번 책의 엔딩은 그동안 갈까 말까 망설이던 카페에서 가장 비싼 커피와 디저트를 주문해서 먹으며 쓰겠다고 내 자신과 약속했기 때문이다. 하지만, '그건 내가 아닌데?'라는 자각을 했고 갑자기 비도 쏟아졌다. 결국, 나는 고민 끝에 지난 베니스 출장에서 사온 원두를 모카포트로 추출했다. 진한 커피 원액에 우유와 얼음을 잔뜩 부어 텀블러에 담은 다음 집 근처 도서관으로 천천히 걸어갔다.

도서관은 이내 나만의 카페가 되었다. 귀에 꽂은 이어폰에서 흐르는 음악은 카페의 BGM으로 걸어오는 동안 출렁이며 뒤섞인 커피와 우유는 에스프레소로 만든 라떼 못지않은 차갑고 고소한 카페오레로 합성되었다. 그 순간, 내가 카페에 가는 진짜 이유는 무엇인지 곰곰이 생각했다. 완벽한 커피와 편안한 공간을 제공하는 카페에서 한가로운 시간을 보내거나 노트북으로 글을 쓰는 것이 전부가 아니었던 것이다. 누군가와의 만남을 위해, 나 혼자만의 조용한 시간을 보내고 싶어서 가는 목적 말고도 여러 이유가 있었다.

나는 카페에 가기로 마음먹은 시점부터 시작되는 작은 설렘을 좋아했다. 그곳으로 가는 내내 볼 수 있는 주변의 모습, 오는 길에 좋아하는 빵집에 들러 빵을 사오는 여유를 즐겼다. 그리고 근처 공원이든 편집숍이든 대형마트이든 시장이든, 어디라도 갈 수 있는 환경과 조건을 더 좋아했다. 친구와 함께 있었을 땐 카페를 나와 식사를 하며 더 오래 함께 대화할 수 있는 기회가 있었고, 혼자였을 땐 책이나 노트북에 집중한 뒤 맞이하는 뿌듯함과 보람이 있었다. 그것들은 일상의 윤활류가 되어 흘렀기에 나는 어떤 핑계로든 그곳으로 향했다. 마치 여기저기 흩어진 카페로 소소한 여행을 다닌 것이나 다름없었다. 그렇게 나는 서른 번의 추억 여행을 다녀왔다.

마지막으로, 그토록 원했던 이번 여행의 '티켓'을 발권해준 북커스 이동은 주간에게 무한한 감사의 인사를 드린다. 그분이 아니었다면 떠날 수 없었던 여행이었으니까. 아울러, 정신없이 바쁜 와중에도 멋진 사진을 기꺼이 내어준 몇몇 카페 대표들에게도 고마운 마음을 전한다.

나의 카페 다이어리

초판 1쇄 발행 2024년 9월 20일

지은이 오승해

주간 이동은
편집 김주현 성스레
미술 강현희
마케팅 사공성 장기석 한은영
제작 박장혁 전우석

발행처 북커스
발행인 정의선
이사 전수현

출판등록 2018년 5월 16일 제406-2018-000054호
주소 서울시 종로구 평창30길 10
전화 02-394-5981~2(편집) 031-955-6980(마케팅)
팩스 031-955-6988

ⓒ 오승해, 2024

ISBN 979-11-90118-77-4 (03810)